丸深まろやか
イラスト
Nagu
Illustrated by
Nagu
Presented by
Maroyaka Maromi
Tenshi wa
tansan shika
天
JN073411
2
い
か

柚月 湊
Minato Yuzuki
御影冴華
saeka Mikage
藤宮詩帆
Shiho Fujimiya

三輪玲児
Reiji Miwa
明石伊緒
Io Akashi
日浦亜貴
Aki Hiura

「大丈夫ですか？」

いつの間にか、
御影さんが店内に戻ってきていた。
オロオロしているそのお客さんに反して、
御影さんはハンカチと、
それからハンドタオルまで取り出して、
すぐに床の破片を集め始めた。

「どうして私が
そんなことをしたのか、
きみが知りたいのは、そこだったね。
そして、私が話したくないことも、
同じくそれだ」

「……だな。
でも、俺はそれを
聞かなきゃならないんだ」

Contents

Design=arcoinc

天使は炭酸しか飲まない 2

丸深まろやか

イラスト Nagu

Tenshi wa tansan shika nomanai

Presented by Maroyaka Marumi
Illustrated by Nagu

明石伊緒
Io Akashi
久世高の天使。
顔に触れた相手の想い人がわかる。

柚月湊
Minato Yuzuki
学内でも有数の美少女。
「惚れ癖」をきっかけに天使の正体を知る。

日浦亜貴
Aki Hiura
男勝りなハイスペック美少女。
ガサツでドライだが、なぜか伊緒とは仲がいい。

御影冴華
Saeka Mikage
優れた容姿とカリスマ性を兼ね備えた美少女。
天使に恋愛相談を持ちかける。

藤宮詩帆
Shiho Fujimiya
湊の親友で、穏やかな雰囲気の女の子。
ひそかに男子から人気がある。

三輪玲児
Reiji Miwa
伊緒の友人。
派手な見た目で自由なプレイボーイ。

―プロローグ―

放課後の昇降口に、女の子が立っていた。

背中まで伸びた明るい髪。ここからでもわかる、透明感のある肌。それから、制服の白いシャツ。そのどれもが、差し込む初夏の夕陽で淡い赤みを帯びて見えた。

授業が終わってから、もうすぐ一時間。校舎内は静かで、遠くから響いてくる掛け声や楽器の音だけが、私たちを包んでいた。

「柚月、湊さんだね」

透き通って、それでいて、どこかしなやかな声だった。

私の名前を呼んだその人は、大きな目を細めて、柔らかく笑う。

なんとなく、周囲に誰もいないことを確かめてから、私は頷いた。

「……そうだけど、なにか用？　あなたは……御影さん、よね」

顔と名前がすぐに一致したのには、すごく単純な理由があった。というより、久世高生で彼女を知らない人はいないと思う。

この御影冴華さんは、久世高三大美女のひとりなのだ。私と同じ。そして間違いなく、私よりも有名な。

「急に声をかけてすまないね。今、少し時間はあるかな。ほんの数分で構わないのだけれど」

少し変わった、けれど彼女によく似合う口調で、御影さんは言った。

まっすぐに私を見つめる彼女の顔は、思わず息を呑んでしまうくらい、綺麗だった。

「え、ええ……平気よ。でも、なに？」

正直にいえば、ちょっと前にあんな噂が流れたばかりで、まだ友達以外の人と話すのは気が進まない。

それでも彼女の話を聞こうと思えたのは、仕草や話し方から、御影さんが私のことを気遣ってくれているのが、はっきりわかったからだった。

「ありがとう。実は、きみにひとつ、頼みたいことがあってね」

「頼み？」

「うん。……けれどその前に、もっと大切なことがあるね。今のままでは、筋が通らない」

そう言い終えてすぐ、御影さんはゆっくり、そして深く、頭を下げた。

その理由も、言葉の意味も、私にはまるでわからなかった。

「あ、あの……どうしたの？　急に、そんな……」

「すまなかった」

御影さんが短く言った。

あまりに突然のことで、私はただ、呆気に取られてしまっていた。

「先週、学校にきみの、よくない噂が広まったとき」

顔を上げた御影さんの声が、かすかに震えていた。

いやな話題だった。けれど、やっぱり聞きたくないとは思わなかった。

「私は……きみを助けてあげられなかった」

「……えっ」

「それどころか、噂の内容を少し、信じてもいた。なのに、きみにちゃんと謝罪もせずに頼みごとをするなんて、卑怯だから」

御影さんは恭しい面持ちで、もう一度腰を折った。

その動きに合わせて、彼女の艶のある髪がさらりと流れ、煌めく。

あの整いすぎた顔が見えていないのに、本当に綺麗だと思った。

「悪かった。許してほしい」

駆け引きも繕いも、一切感じなかった。

この人は……。

「……いいわよそんなの。気にしないで。広まってる噂なんて、疑う方が難しいわ。あなた個人は、なにも悪くない」

「だけど、つらかったろう」

「それは……まあね。でもそんなふうに思って、言ってくれるだけで、充分すぎるくらいよ。だから、もういいの」

私が言うと、御影さんはまた顔を上げて笑った。

今度はさっきの引き込まれるような笑みじゃなく、ひどく安心したみたいな、にっこりとした笑顔だった。

「ありがとう。きみは、強いね」

「……ううん。強くなんてないわよ」

だって、私がこうして今も平気でいられるのは、あの人のおかげだから。

不器用でお節介で、でもとっても優しい、あの男の子の。

「それで、頼みっていうのはなんなの？　引き受けられるかどうかは、わからないけど」

「あ、ああ。そうだったね」

御影さんがクスッと息を漏らした。

まるで本当に忘れていたかのような反応に、私も思わず噴き出しそうになる。

なにそれ。あなたが言い出したんでしょう？

引き受けられるかどうか、わからない。そんなふうに言いながら、私はもう、できれば彼女の力になってあげたいと、そう思い始めていた。

もしこれが御影さんの思惑通りなら、私はまんまと乗せられているんだろう。でも、それでもいいなと思ってしまったから、私の負けだ。

「実はね、紹介してほしい人がいるんだ」

「紹介？」

その言葉で、私は自分の知り合いの顔を順番に思い浮かべた。

といっても、私の交友関係の狭さは折り紙付きだ。久世高内に限ってしまえば、友達だって詩帆と、それから……。

ふと、ほっぺたが急に熱くなったような気がして、私はふるふると顔を振った。胸の奥が、なぜだかキュウっと苦しかった。

「天使」

御影さんの声は、どこか非現実的な響きを持って、私の耳に届いた。

心臓がひとつ、ドキリと大きく跳ねた。

「私が会いたいのは、久世高の天使なんだ。もしよければ……いや、どうしても、引き合わせてほしい」

今までにない鋭い目つきで、御影さんは続けた。

やっぱり今日は、まっすぐ家に帰るべきだったのかもしれなかった。

第一章

彼女が電車を降りたから

屋上に出ると、容赦ない陽の光に襲われた。

反射的に細めた目の奥が、じんと鈍く痛む。

背中をとんっと押されて初めて、俺は自分が立ち止まっていたことに気がついた。

「明石、早よ進めー」

「あ、ああ。すまん」

よろけながら振り返ると、日浦亜貴がジト目でこっちを見ていた。さらにその後ろから、三輪玲児が俺たちを追い抜いていく。

日浦は今日もショートヘアが涼しげで、鋭い八重歯をやんちゃそうに光らせていた。制服を着崩した玲児の耳には、銀色のピアスが揺れている。

三人で屋上の中央まで歩き、コンクリの上で円形に腰を下ろす。各々ビニール袋を敷いて、昼食のパンを並べた。

「ほら、いちごオレとコーヒー。これで最後な」

「べつにずっと奢りでもいいんだぞー、あたしは」

「そーそー。やめろよ最後なんて。寂しいなぁ」

図々しいことを言いながら、日浦と玲児は俺の手から紙パックを受け取った。

俺がこのふたりに飲み物を奢ったのには、深ーいわけがある。

つい先週、久世高内でとある事件が起こった。柚月湊に関する悪意ある噂が、学校中に広まったのだ。

それに死ぬほどムカついた久世高の天使こと俺は、けれどひとりではどうにもできず。日浦と玲児にめちゃくちゃ世話になりながら、なんとかことを収めた。

そしてその借りを返すため、俺はこいつらに、しばらく昼メシの飲み物を奢ることに決めたのである。

ただ、その期間も今日で終わり。ちなみに、名残惜しいとかは全く思っていない。

「人の過去と恋心に、汚い手で触んじゃねぇー」

「ぶふぅっ！」

唐突な日浦のセリフに、俺は思わずむせ返ってしまった。

ありったけの恨みを込めて睨んでも、日浦はニヤニヤした顔でストローを咥えている。

お前……それは反則だろ……！

「私は、諸君の恋をいつも見守っている～」

「おいこら玲児！　お前は許さん！」

「恋に悩んだときは、きっと私が現れるー」

「だぁ――っ!!　やめろ!!　イジるな!!　一字一句再現するな!!」

俺の嘆きの叫びも無視して、玲児と日浦は悪魔のようなものまねを続けた。

違うんだ！　あのときの俺は俺じゃないんだ！

そう、天使！　久世高の天使がやったんだ！　天使は俺だ！　ヒィっ！

「いやー、名演説だったぞー伊緒」

「暑苦しかった」

「黙らっしゃい!!　そして、奢った分全部返せ！」

「タダで飲むコーヒー、うめー」

「ぬがぁぁああぁ!!」

やけくそになりながら、俺はクリームパンを無理やり口に詰め込んだ。

あの日放送で言ったことは、全部俺の本心だ。それは間違いない。

だが、こうしてネタにされると恥ずかしさがヤバい。いや、もちろんノータッチで過ごされるのもそれはそれで複雑というか、アレなんだけども……。

あー、もう、とにかく忘れよう。いや、お前らが忘れろ。この性悪どもめ。

「あ、明石くんいたー！」

そのとき、ガチャリとドアの音がして、そんな声が飛んできた。

見ると、屋上の入り口にひとり、女子が立っている。

あれは……。

「藤宮？」

声の主、藤宮詩帆は腕を高く上げて、ひらひらと手を振っていた。

ラウンド型の赤縁メガネの奥で、細まった目がいつにも増して垂れている。

穏やかでまったりした雰囲気と、隠しきれない華やかさは健在だ。

俺が駆け寄ると、藤宮は下ろした手を腰に当てて、いつかのように仁王立ちになった。

「はい。藤宮詩帆、自宅謹慎の任を解かれて、今日から現場復帰しましたっ」

「ああ、そうだったな。お務めご苦労さん」

藤宮はうふふと笑い、得意げにピースサインを作った。

久世高の天使による、放送室ジャック。

その罰をひとりで負ってくれた藤宮は、学校から三日間の自宅謹慎を命じられていた。週末を挟んで、昨日がその最終日だったらしい。

「ひとりか？」

「え、ううん。あれ？　……おーい。なにやってんの」

藤宮は開けっ放しになっていたドアの方を振り返って、ちょいちょいと手招きした。

一、二、三秒ほどの無音。

そのあとで、入り口のへりからススっと、ほんのり赤くなった顔が半分だけ覗いた。

「……よお、湊」

「ち、ちょっとぶりね……伊緒」

呟くようにそう言って、柚月湊はそそくさと屋上に足を踏み入れた。

藤宮の謹慎に合わせて、湊もここ数日は学校を休んでいた。一日早く、昨日から登校を再開していたはずだが、顔を合わせるのは初めてだ。

日光を反射する湊の黒髪は、そこだけが夜になったように深く、暗い輝きを放っている。

まつ毛の長い鋭い目も、高いのに小ぶりな形のいい鼻も、今は少し尖った薔薇色の薄い唇も、相変わらずひたすら魅惑的で。

しかし、いつも通りピンと伸びた背筋に反して、湊は顔をふいっとそらし、屋上を囲う柵の方を見ていた。

身体の横に下がった手が、落ち着かない様子でスカートの生地をもてあそんでいる。

……なんか変だな、湊のやつ。

まあ最後にカフェで話してから、しばらく顔合わせてなかったからな。多少気まずい気持ちはわからないでもない。

ひとまず、俺はドアを閉めて、ついでに鍵もかけておくことにした。

屋上は本来立ち入り禁止なうえ、今日に限っては、バレると一段とマズい。

「で、どうしたんだ？　急に来たな、お前ら」

そう尋ねながら、俺は奥にいる日浦たちの方をチラッと見た。

玲児はニンマリと鬱陶しく、日浦は興味なさそうに、こっちの様子を眺めている。

「うん。いろいろ落ち着いたから、湊と一緒にちゃんとお礼しようと思って。いっぱい、助けてもらったみたいだしね」

藤宮はトコトコと、日浦たちの方に近づいていった。俺を一瞥してから、湊もそれを追う。

なるほど、たしかにもう、いろんなややこしい枷もなくなったしな。

「日浦さんと、三輪くんだよね？　知ってると思うけど、私、湊の友達の藤宮詩帆です。ホントに、いろいろありがと」

藤宮は丁寧に、ペコリと頭を下げて静止した。

湊にも藤宮にも、日浦と玲児がどこまで今回の件を知っていて、なにをしてくれたのかは、大体伝えてあった。

自分の事情を、誰がどこまで把握してるのか。それがわからないのは、本人たちも気持ちが悪いだろうと思ったからだ。

幸か不幸か、あの派手な全校放送のせいで、湊の惚れ癖とか、天使との関わりとか、そういうものは全部公然の事実になってしまっている。

もはや、それぞれの立場を隠しておく必要もなくなったっていうわけだ。

「あー、いいのいいの。伊緒に泣きつかれるのはいつものことだし」

内容がムカつくのはともかく、玲児の返答は案外愛想がよかった。

いや、たぶん相手が美少女だからだろうな。

「ハーゲンダッツ随時募集中ー」

対して、日浦はやっぱりテキトーだ。

アイスをねだるな。しかもチョイスが贅沢なんだよ。

だが思えば、藤宮と日浦が顔を合わせるのは、これが初めてなのか。

なんだか不思議な気分だな。

「去年見てたよ、『クラス代表男女無差別ガチリレー』！　日浦さんかっこよかったなぁ」

藤宮は早口言葉みたいに言って、日浦のそばに座った。

対する日浦嬢は、ほわぁっとかわいいあくびをひとつ。

やっぱり日浦といえば、そのエピソードが有名なのか。

まあ男子にひとりだけ混ざって爆走してたのは、かなりインパクトあったからな。

「日浦さん、三輪くん」

ふと、透き通ったつららのような声が、俺たちのあいだにスッと降りてきた。

静かに歩み出てきた湊は、日浦と玲児、それに藤宮、最後には俺の顔まで、順番に見回した。

ゆっくり目を閉じて、静かに息を吸う。

「ありがとう。私が助かったのは、全部あなたたちのおかげよ」

ひとことずつ、丁寧に確かめるような口調だった。

きっとこれは、湊なりのけじめ、なのだろう。

なんとも照れ臭くなってしまい、俺は湊の視線から逃げるようにして、あとの三人を見た。

藤宮はニコニコして、日浦は依然興味なさげ。

玲児は驚いたように、細く整えた眉をピクッと動かしていた。

「本当に、感謝してるわ」


俺たちは結局、昼休みが終わるギリギリまで、他愛ない話をして過ごした。

会話の中心は藤宮と玲児で、日浦も湊も俺も、たまに口を挟むだけ。

それでも、屋上はいつもよりずっと賑やかで、みんな楽しそうだった。

俺は、なんだか戦いのあとの宴みたいだなとか、藤宮ってけっこう喋るんだなとか、そんなくだらないことを思っていた。

だけどたまには、こういうのも悪くない気がするな。

「そうだ、湊。それから藤宮も」

屋上を出る直前。言い忘れていたことを思い出して、俺はふたりに声をかけた。

「な、なによ……急に」

「いや、大したことじゃないんだ。ただ、これからしばらく、学校では距離を置かせてもらうと思うから。一応、今のうちに伝えとく」

「……えっ」

「えぇー。どうして？」

目を見開いて固まる湊と、その横で不満げな声を漏らす藤宮。そんな大袈裟な。

「今回の件で、湊と藤宮は久世高の天使と関わりがあるって、周りに知られただろ？　今俺がお前たちと一緒にいたら、正体がバレるかもしれない」

特に湊は、男子の友達がいない、っていうのが、おそらく周囲の共通認識だ。

なのに、表ではなんの接点もないはずの俺が親しげにしてたら、明らかにおかしい。天使候補筆頭だ。

恋愛相談を受ける以上、天使の正体は謎のままの方が、なにかと都合がいい。

「うーん……そっか。たしかに、そうかも」

「まあ大抵のことは解決したし、クラスも違うから、話すこともないだろうけどな。念のため報告だ」

「えっと……で、でもっ！」

そのとき、湊の声をかき消すように、キンコンカンと予鈴が鳴った。

先頭にいた日浦に促されて、俺たちも急いでドアをくぐる。

階段を降りる途中、後ろにいた湊が控えめに言った。

「……ねぇ、伊緒。それは……いつまで？」

「ん？　あー……。まあ、ほとぼりが冷めるまでかな。具体的には決めてない」

「そ、そう……」

湊はなんとも煮え切らない様子だった。

惚れ癖も直って、相談ももう終わり。有希人のカフェで、湊は自分からそう言っていた。

なのに、なにかまだ、用があるのだろうか。

……。

「まあ……なんだ？　なにかあったら、そのときは遠慮なくＬＩＮＥでもしてくれ」

「えっ……」

「あのとき、いつでも話聞く、って言っただろ？」

一緒にラーメン屋に行って、お互いひどい顔で話した、あのとき。

「あれ……俺はまだ有効だと思ってるから」

「……うん。わかった。ありがと……伊緒」

「お、おう……。まああれだ。天使は、アフターケアも充実してるんだよ。今風だろ？」

そんな、下手な照れ隠しみたいな、くだらない冗談。

またいつかみたく、「ふぅん」って流されると思ったのに。

湊は小さな声で、こぼれるようにふふっと笑っていた。

◆　◆　◆

『恋に悩む　志田創汰へ

もし　私の助けを望むなら
その恋を　進めたいと願うなら
明日の夜まで　ここで待つ

恋を導く　久世高の天使より』

「誤字脱字、なし。リンク先、オッケー。送信……成功っと」


ツイッターの、ダイレクトメッセージ。

自分の書いたキザな文面と、チャットルームのURL。両方が画面に表示されたのを確認して、俺はひと足先に、チャットにログインした。

文字と音声で会話ができる、無料のウェブサービス。天使を始めてから、ずっと愛用しているサイトだ。

ここで、ターゲットが入室してくるのを、ひたすら待つ。

来なければそれまで。けれどもし来たら、そこからは天使の恋愛相談開始だ。

自室でパソコンを睨みながら、グラスの中のコーラに口をつける。

今日は気分を変えてペプシだ。普段はあんまり飲まないが、普通にめちゃくちゃうまい。

「頼むぞ、志田……」

両手を合わせ、画面に向かって念を送る。

まるで、受験結果を見る直前みたいな気分だ。

湊の件が落ち着いても、当然俺の仕事は終わらない。また、今まで通りの活動に戻るだけ。

告白に踏み出せないやつが、後悔しないように背中を押す。

本来、これこそが天使の本分で、俺の目的だ。

むしろ、やっと戻ってきた、とすらいえる。

「お前は絶対、ここに来るべきだ……任せろ、天使に」

あの全校放送以来、久世高の天使は『都市伝説』から、『現実』になった。

メリットもデメリットも、両方いろいろあるだろう。けれど、俺がやることは変わらない。

そして今は、向こうが乗り気になってくれることを、ただひたすら祈るのみ。

「来い、来い…………来たっ」

チャット欄に表示された『ゲストさんが入室しました』の文字に、思わずガッツポーズが出る。無事、第一段階クリアだ。

はぁ……いや、でも信じてたぞ、志田。しかも数分で反応があるのは、かなりいい傾向だ。

『えっと……本物？』

すぐに相手から、不安げなチャットが送られてくる。驚くなかれ、本物だよ。

『通話はできるか？』

初手、通話提案。テンポ重視だ。

以前は必要が出るまで、やり取りはなるべく文字で済ませていた。

その方が俺の正体について、与える情報が少ないからだ。

だが今となっては、この段階で用心する意味も特にない。

さっそく『現実』になったメリットその一だな。向こうさえよければ、最初から通話の方がスムーズだ。

ややあって、ゲスト、もとい志田は、『大丈夫』という返事を送ってきた。

ふむ、度胸あるじゃないか。

俺はボイチェンを確認して、ひとつ深呼吸を挟んでから、志田に通話をかける。

偉そうなこと言っときながら、俺も普通に緊張するんです、はい。

「聞こえるか？」

気持ちを仕事モードに切り替えて、そう尋ねる。

ガサっという雑音のあとで、心細そうな声がした。

『あ、ああ……聞こえてる。うーわ、マジか……』

志田は興奮したように、うおお、とか、いやー、とか言っていた。

思ってたよりリアクションがよくて、ちょっと嬉しかった。

志田創汰。三年二組、男。バスケ部副キャプテン。

そう、実は志田は先輩なのだ。まあ天使でいるあいだは、それも関係ないけどな。

『去年の秋頃からかな……。最初は、一目惚れみたいな感じだったんだけど……』

志田の事情や好きな相手については、当然こっちでもある程度調べてあった。

が、正確なところはやっぱり本人にしかわからない。

状況の確認がしたい、という俺の要望で、志田は自分の恋について、詳しく話してくれた。

『あ！　でも本気で好きになったのは、ちゃんと中身がわかってからだぞ！　いやマジで！』

「べつに、好きな理由に貴賤はないと思うぞ」

『うぐっ……！　そ、そうだけどさ。ただ、見た目だけで好きなやつらとは、やっぱりちょっと違うっていうか、本気度がさ……わかるだろ？』

「まあ、わかるよ」

要するに、ベタ惚れってことだ。

志田はいわゆる、コミュ力の高いリア充系の男子だ。

人当たりのよさと情に厚い性格で、クラスでも部活でも、周りから慕われている。ただ、押しの弱さと他人に甘いところが、玉に瑕。

特におとなしめの女子にモテるが、高校でできた彼女はゼロ。

これが、志田と同じバスケ部の玲児から、あらかじめ聞いてた情報だ。

サボり魔とはいえ、さすがに人をよく見てるな。

『そりゃ三大美女だし、めちゃくちゃかわいいよ。でも、あの子はそれだけじゃなくて……』

三大美女。

久世高に君臨する、三人のトップ美少女の総称。

その言葉で、俺の頭には自然、柚月湊の顔が浮かんだ。

ただ、今志田が話しているのは、湊のことではない。

『ああ……御影さん。うわ、考えたらドキドキしてきた……』

二年十組、御影冴華。

そいつが俺の……いや、俺たちの、今回のターゲットだ。

「ドキドキが終わったら、その好きになったきっかけを話せ」

『お、おうっ……わかった。もうちょっとだけ待ってくれ……』

志田がそう言うと、すぐにイヤホンから、ガタガタという音がした。

おそらく、立ち上がって深呼吸でもしているんだろう。

オーバーだなと思ったが、まあ本人は必死なのかもしれない。

志田の帰還を待つあいだ、俺はあらためて、御影冴華のことを思い起こした。

外見だけでいえば、きっと湊といい勝負だろう。

今日も学校でチラッと見かけたが、明るい色のロングヘアはさらさらすぎて輝いて見えたし、血色のいい薄ピンクの肌は遠目でも滑らかなのがわかった。

ぱっちりとしたアーモンド型の目も、スッと通った鼻梁も、ほんの少しだけ厚い柔らかそうな唇も。そのどれもが、かわいいとも美人ともいえるような、御影の独特な魅力を引き立ててやまない。

背も湊ほどではないが高めで、スマートで引き締まったスタイルはたぶん、『理想形』という言葉に近いのだろうと思う。

高貴で鋭い印象の湊とは違う、ひたすらクセのない正統派美少女。それが御影冴華だ。

以上。例によって、キモいくらい褒めてしまった。

とはいえ、これぱっかりは仕方ない。三大美女というのは、やっぱりものが違うのだ。

――ただ。

『ふぅ……。で、なんだっけ？』

「惚れたきっかけ」

『おっと、そうだったそうだった』

ただ、実は御影の本当のすごさは、その整いすぎた容姿とは別のところにある。驚くべきことに。

『あの子、迷子のために、電車から降りたんだよ』

「迷子？」

『ああ。そのときは、たしかテスト期間でさ。部活も休みだから、放課後はさっさと帰ろうと思って、ホームで電車待ってたんだよ。膳所本町な』

膳所本町とは、久世高のそばにある京阪の駅のことだ。

俺を含め、電車通学の生徒はほぼ全員、そこを使っている。

『で、ちょっとしたら御影さんも来てさ。あの子、俺と方向一緒だから、同じホームで待つ感じになったんだ。まあ、他にも人はいっぱいいたけど』

「それは、目立ちそうだな」

『そりゃもう目立ちまくり。反対のホームの連中もめっちゃ見てたし、なんなら駅員も見てた。俺も見てた』

「お前もかよ」

まあ、たぶん俺も見る。っていうか、御影を見ないってのは難しいからな。

『しばらくしたら電車が来て、俺はせっかくだし、御影さんと同じ車両に乗ったんだ。あ、キモいとか言うなよ？　俺だけじゃなく、明らかにその車両だけ混んでたし』

「わかったわかった。いいから続けろ」

　こっちは迷子が出てくるのを待ってるんだから。

『ただ……ドアが閉まる直前にな。御影さんが、急に電車から飛び出したんだよ』

「……お前は？」

『ずっと御影さんを見てたせいかな。気づいたら追いかけてたよ。でも反射的にそうしただけだったから、正直困って、ホームで棒立ちになってた。ただ御影さんは、すぐに改札の方に走っていって、駅から出た。そこにいたのが、その迷子の男の子だったんだ』

　なるほど。だから、迷子のために電車から降りた、か。

　にわかに声を弾ませて、志田は続けた。

『俺、マジでびっくりしてさ。たしかに、その男の子が踏切のそばにひとりで立ってたのは、電車の中からでもチラッと見えたんだ。けど、だからって降りるか？　反対側のホームにはまだ待ってる人もいたし、駅員もいた。なんなら見えてないだけで、近くにその子の親だっていたかもしれないのに』

「……」

『たぶんみんな……いや少なくとも俺は、あそこで自分がなにかしようなんて、ちっとも考えてなかった。その子の心配くらいは、多少してたと思う。それでも、助けられる人は他にもいっぽいいるだろ、って。こっちはもう電車に乗ってるんだから、誰かよろしく、って。そんなふうに考えて、見過ごすつもりだったんだ。発車寸前の電車から出て、その子に声をかけようなんて、そんな発想すらなかったんだ』

いつの間にか、志田の声には悔しそうな響きが混ざっていた。

けれど、同時にひどく嬉しそうでもあり、清々しささえ感じる気がした。

『なのに……御影さんは、迷わず電車から降りた。カバンを道路に置いて、その子の前にしゃがみ込んで、たぶん世界一かわいい笑顔で、その子の頭を撫でてた。そしてその光景を、俺はただぽつんと突っ立って、ぼーっと見てた』

「……それで？」

『結局、すぐに後ろから、その子の母親っぽい女の人が慌てて追いついてきたよ。つまりホントは迷子じゃなく、ちょっとはぐれてただけ。でも踏切の近くだったし、その子も小さかったから、危険だったのは間違いない。女の人も、御影さんに何度もお礼言ってたな』

「……そのときに、惚れたわけか」

『いや、実は違うんだ。もちろん、これだってめちゃくちゃ衝撃的で、もうほとんど好きになってたけど』

「なら、きっかけって……」

志田は少しだけ間を開けて、今度は心底嬉しそうに言った。

『その親子と別れたあと、御影さんは当然、ホームに戻ってきたんだよ。俺はずっとあの子に釘付けだったから、ばっちり目が合った』

「……」

『そしたら御影さん、俺がさっきの電車に乗ってたうちのひとりだって、気づいたらしくてさ。恥ずかしそうにほっぺた赤くして、はにかんだんだ、ふわって。もう、世界一かわいかった。いやマジで』

「世界一はさっき出ただろ」

『更新だよ更新。記録は常に破られ続けるのだ』

さいですか。

『それで、そのあと御影さん言ったんだよ。あのときの顔も声も、未だに完全に覚えてる』

――よかった、迷子じゃなかったね。ドジなのは私だけだ。

「それは……なんとまあ」

『あのセリフで、俺はもうイチコロでした。かわいいだけじゃなくて、かっこいいんだよ、御影さん。ああ、女神……』

志田は陶酔したように、深く息を吐いた。

たしかに、なかなかできることじゃない。おまけにあれだけ美人なんだから、チートみたいなもんだ。

だが実のところ、このエピソード自体は、そこまで意外ということでもなかった。

なぜなら御影のこういう人柄は、圧倒的な外見と同じくらい、久世高内でも有名だからだ。

そしてそのせいか、御影冴華はこと『人気』という点においては、三大美女でも頭ひとつ抜けている。俺の主観とかではなく、おそらく久世高全体の総意として。

直接話したことは一度もない。

けれどそれでも、あいつからはなんというか、いわゆるオーラのようなものを感じる。

カリスマ性、と言い換えてもいいかもしれない。

その求心力でいつも人に囲まれて、人を惹きつけて、それでいて特定の友人もおらず、どこかのグループに所属したりもしていない。

御影はまるで、凡人の中にひとりだけ混ざった、スターみたいなやつなのだ。

「お前が御影を好きな理由は、大体わかったよ」

『おう。そして今も、絶賛片想い中だ』

なんで自慢げなんだか。

「で、今まで告白できてない理由は？」

『うっ……！　それを聞くか……』

「重要だからな」

酷だとは思う。が、本人が現状をどう自覚しているか、確認しておくのは大切だ。

『……早い話、ビビってるんだよ。御影さん、めちゃくちゃモテるからさ』

「まあ、そうだろうな」

ビビってるっていうのも、御影がモテるっていうのも。

『しかも……あの子、好きな人いるみたいなんだよ、けっこう前から……』

ふむ、さすがに知ってたか、志田のやつも。

「だな、私もそう聞いてる」

『やっぱそうか……。誰かに告白されても、毎回それで断ってるんだってさ……』

しょんぼりした声で言って、志田はひとつため息をついた。

御影冴華には、好きな人がいる。久世高内でも有名な噂だ。

っていうか、本人が公言してるしな。

『相手が誰か、天使ならわかるか……？　本人は隠してるっぽいんだけど』

「いや、その情報はないな。ただ、もうそいつと付き合ってるってわけでもない。これも御影自身の発言がソースだから、ほぼ間違いないよ」

『あ、ああ……。それは一応、俺も知ってる』

つまり、御影の恋もまた片想いなのだ。

恋愛ってのは、あれだけ美人で聖人でも、簡単にはいかないらしい。ホントかよ。

しかしだからこそ、御影に告白する男子はあとを絶たないんだろう。独り身なら、チャンスはゼロじゃない。

それに、相手に脈がなさそうでも尻込みしない、ってのは、いいことだ。

俺にはそれができなくて、だから今、こうして……。

志田。お前は、俺と同じになるなよ。

あんな後悔をするのは、もう俺だけでいいんだから。

『あとはまあ、ほら……俺は御影さんと、学年も違うだろ？』

志田は不安そうに、もっといえば後ろめたそうに、そんなことを言った。

「学年？」

『なんていうのかな……。そりゃ人によるんだろうけど、やっぱり大した接点もない先輩に言い寄られても、迷惑かもなーとか思ったりしてさ……あはは』

「……」

——こら！　歳上なんですけど？

——お姉さんがハグしてあげるよ。

……先輩、か。

いらないことを思い出した自分の頭を小突いてから、俺は言った。

「大丈夫だよ」

『……天使？』

「学年なんて、上でも下でも関係ない。むしろ、歳の差なんて燃える要素だろ。絶対大丈夫だから、私に任せろ」

『お……おう、そっか。……うん、そう！　そうだよな！』

画面の向こうで、志田はたちまち元気になっていた。

それ自体はいいが、普通にうるさい。

『うおお！　なんか、さっそく勇気出てきたーっ！』

「おい、落ち着け。音割れしてるぞ」

『ん？　ああ悪い悪い。でも、天使も音割れしてただろー、この前の放送で。ふざけんじゃねえー！　ビリビリィ！　って』

「ぐふっ……！」

まさか、そんなカウンターが飛んでくるなんて……。

志田、お前までイジってくるのか……？

『いやー、あれ熱かったよ。俺、感動したもん』

「そりゃどうも……」

『あはは、怒るなって。なんか、こいつなら真剣に助けてくれそうだな、って思ったよ。だから、メッセージきて嬉しかったんだ。マジでさ』

「……そうか」

まあ……そう思ってくれたなら、これもメリットのひとつってことにしとくか……。

ただ、イジるのは勘弁してほしい。いや、ホントお願いします。

その後、俺は天使の相談における約束事について、志田に説明した。

絶対に他人に話さないこと。こっちの正体を探らないこと。必要に応じて、協力者に事情を話す可能性があること。

そして、最後に。

「私が受け持つのは、あくまで恋愛相談と、告白までのサポートだ。成功の保証はできない。それでも構わないか？」

『おう。そりゃお前だって、天使っていっても人間だもんな。それに、絶対御影さんと付き合える、なんて言うやつの方が、信用できないし』

「まあ、そういうことだ」

理解が早くて助かる。

「だがもちろん、保証しないってだけで、手助けは全力でやる。安心してくれ」

『おうっ、わかった。もう何ヶ月も告白できてないヘタレだけど、よろしく頼むよ』

「ああ、こちらこそ」

こうして、天使の相談者がまたひとり増えた。

志田が告白できるかどうか、半分は俺の肩にかかっている。

しかも、相手はあの御影冴華だ。たぶん、というか、間違いなく難敵だろう。

まあ、それこそ関係ないけどな。

「志田」

『ん？』

「しような、告白」

『……ははっ！　やっぱり熱いなぁ、天使は』

「おいっ、茶化すなよ……」

『じょーだんじょーだん』

志田のそのセリフを最後に、俺たちの初めての通話は終わった。

次回から、本格的に相談を進めていくことになる。

「……べつにいいだろ、熱くても」

真剣だから、熱くなるんだ。

それに恋愛くらい、熱くならなくてどうするんだよ。

◆◆◆

翌日の放課後。

「うちの湊が、本当にお世話になりました」

俺の従兄弟、明石有希人が経営するカフェ『喫茶プルーフ』。

その店内で、制服姿の藤宮が礼儀正しくお辞儀した。

「いやぁ、お世話なんてとんでもない。かわいいお得意様ができたのは、うちもありがたいからね。大歓迎だよ」

デニムとシャツにエプロンをした有希人は、やたらと爽やかにそう答えた。

相変わらず、外面のいいやつだ。

今日は藤宮からの要望で、有希人を紹介することになっていた。今回の件について、お礼がしたいとのことだ。

日浦と玲児のときといい、藤宮はかなりマメなやつらしい。

有希人と藤宮はそのまま、和やかに談笑に入っていった。それを見たバイトの大学生たちが、すぐさま陣形を変えている。店長のサボりにも慣れたもんだ。

「……で、なんだ？　話って」

今やすっかり定位置になった、最奥のテーブル席。正面に座る美少女に向けて、俺は尋ねた。

俺が今日ここに来たのには、目的が三つある。

藤宮の付き添い、夕方からのバイト、そして——。

「実は……これ、なんだけど」

そして湊からの、謎の相談事だ。

今朝、話があるという旨のLINEが送られてきた。

どうやら電話ではダメらしく、こうして直接会うことになったのだ。

「……手紙？」

湊が差し出したのは、シンプルで上品なデザインの便箋だった。封は切られていない。

「これを、俺に？」

「うん。渡してほしい、って頼まれて……。でも、伊緒にっていうより……」

「……天使か」

湊は心苦しそうに、コクンと頷いた。

「ごめん……正体隠してるのはわかってたから、断ろうとしたんだけど……」

「いや。こういうことは、俺も予想してなかったわけじゃないからな」

湊や藤宮が、天使と繋がっている。

それはこの前の放送で、久世高中に知れ渡ってしまった。そうなれば、こいつらを天使への窓口に使おうとするやつが出てくるのだって、ある意味自然な流れだろう。

「むしろ、面倒かけて悪いな」

「う、ううん。仕方ないわよ。伊緒にどうこうできることじゃないもの」

「まあな……。とりあえず、受け取っとくよ。あとは俺が対処するから、気にしないでくれ」

さて、どうしたもんかな。

なんとなく手紙をいろんな角度から眺めつつ、俺は頬杖を突いてひとつ息を吐いた。

天使に用ってなると、十中八九恋愛相談だろう。

だが、相談を受ける相手は自分で選びたいってのが本音だ。

口の堅さとか、悩んでる期間の長さとか、考慮する条件はいろいろあるからな。

「ふーむ……」

「あ、あのね……伊緒っ」

「……ん」

「お願い、なんだけど――」

妙に切実な声音で、そう前置きをして。

俺にとって少しだけ意外なことを、湊は話し始めたのだった。


そして、夜の八時を過ぎた頃。

「伊緒ー、ゴミ袋替えたー？」

最後の客が店を出て、バイトも終盤。今は閉店作業中だ。

レジの締め作業をしている有希人が、雑な指示を飛ばしてくる。

「替えた」

「食器洗ったー？」

「今やってる」

「テーブルと床の掃除はー？」

「これから」

「んー」

有希人は気の抜けた返事をして、そのままカウンター周りの片付けに移っていった。

プルーフでのバイトを始めて、もう一年以上経つ。仕事もほとんど覚えたし、店長に気を使う必要もない。正直、今ではかなりありがたい収入源になっていた。

ただひとつ、不満があるとすれば。

「それにしても、なあ伊緒」

「なんだよ」

「お前はいいなぁ。かわいい女の子の友達ばーっかりできて」

「……」

有希人の、このだる絡みだ。

「藤宮さん、いい子だったなぁ。あれはモテるだろうなぁ。……モテるよな？」

「モテるよ、たぶんな」

「やっぱりそうかぁ。ああ、俺も高校生に戻りたい。かわいい女子高生とキャッキャしたい」

世間の風当たりが強そうなことを言って、有希人は嘆くようなため息をついた。

もしこいつが捕まったら、親族としてしっかり証言しよう。

あの従兄弟ならやりかねません。願望があったと思います。

「で、誰が一番タイプなんだ？　藤宮さん？　亜貴ちゃん？　それとも、やっぱり柚月さんか？」

「うるせぇ。仕事しろ」

「してますー。しながら喋ってますー。っていうか、ぞんざいに扱うな。店長だぞ」

「うわ、これがパワハラか。録音しとこう」

「違いますー。従兄弟とのじゃれあいですー」

まったく……。

「べつにいいだろ？　女の子のタイプを聞くのなんて、男同士の健全な世間話だ」

「……俺がなんで答えたがらないのか、お前にはわかってるだろ。だからたちが悪いんだよ」

「はぁ、一途な従兄弟だなぁ。やれやれ」

やれやれ、はこっちのセリフだ。

「そういえば伊緒、柚月さんとなんかコソコソ話してたろ。まさかデートの約束か？　ん？」

「んなわけあるか。天使の仕事だよ、お前には関係ない」

「なんだ、残念」

有希人は興味を失ったように伸びをした。

それ以上なにも聞いてこないあたり、天使の話題には本当に関心がないらしい。

「あ、もしデート行くなら、ちゃんと俺に言えよ？　おすすめスポット、教えてやるから」

「いらん」

俺がそう答えても、有希人はなぜかニコニコして、楽しげに鼻歌を歌っていた。

◆◆◆

その夜、俺は自室の椅子に腰掛けて、湊から渡された手紙を読んだ。

『頼みたいことがある』

綺麗な字だった。

だが書かれていたのは、その簡潔すぎる一文と、差出人の名前、それから、メールアドレスらしい文字の羅列だけ。

頼みとやらを聞くために、こっちからメールしろ、ってことだろう。

「ずいぶん思わせぶりだな……。まあ、ここに詳細を書くのはリスキーだけど」

それにしても、こっちはデジタルとはいえ、ずっと手紙は送る立場だったから、こうして受け取るのは新鮮な気分だな。

いや……今はそんなことよりも。

「……」

手紙をいくら睨んでも、送り主として書いてある名前は『御影冴華』だった。

久世高三大美女の一角。そして、今俺が相談を受けている、志田創汰の想い人。

湊から事前に聞いてた通りだ。

が、こうして目の前に突きつけられると、改めて実感が湧いてくる。

「ややこしや……」

そう、いろんな意味で、ややこしい。

もちろん、話を聞くまではなにもわからない。だが状況的に考えて、これは……。

「……でもなぁ」

無視する、という選択肢もあった。

相談を受ける相手は、俺が決める。それが天使の、原則的なルールだからだ。自分のためにも、相手のためにも。

湊の惚れ癖の件は、当然ながら例外だ。

ただ、その湊に今日、頼まれてしまった。

『御影さん、本当に必死そうだったのよ……』

『だから、できれば話だけでも、聞いてあげて。勝手なお願い、なんだけど……』

プルーフの一席で、湊は両手をピタリと合わせて、懇願するように言った。

しかも話によれば、御影は手紙を渡す前、例の悪い噂を疑わなかったことを、湊に謝ったらしい。そうしないと、筋が通らない、と。

「………いくかぁ」

自分を鼓舞するように、俺はわざと声に出してそう言った。

御影がそこまでしたなら、こっちだって無下にするわけにもいかない。

頼みを引き受けるかどうかはべつとしても、話くらいは聞くべきだろう。

俺はパソコンの電源を入れ、いくつもあるアドレスのひとつから、御影にメールを送った。

タイトルは『手紙の件』。本文には、チャットルームのリンクだけ。意趣返しだ。

それからは志田のときと同じく、チャットルームで御影を待った。

すぐには来ないかもしれないので、今のうちに飲み物を入れておくことにする。

今日もペプシ、氷は三つだ。

「……おっ」

グラスを持って机に戻ると、『ゲスト』はすでに入室していた。

チャット欄には『ありがとう』のひと言。お早い対応で助かる。

『通話はできるか？』

キーボードを叩いて、さっそくそう打ち込んだ。今日もテンポ重視。

だが俺が送信ボタンを押すより先に、ゲストは新しいメッセージを送ってきた。

『通話でもいいかな』

「……ほお」

そっちから提案してくるとは、その意気やよし。願ったり叶ったりだ。

俺はイヤホンを着けて、ボイチェンを起動させた。

『通話』をクリックして、相手の応答を待つ。

お手柔らかに頼むぞ、三大美女。

『やあ、こんばんは』

音声通話だというのを忘れるくらい、澄んだ声だった。

ドキッと心臓が跳ねて、思わず苦笑いが浮かぶ。

お手柔らかに、って言ったろ……。

『すまないね。ルール違反かもしれないとは、私も思ったのだけれど』

「思ったのに、決行したのか」

『うん。急いでいたのと、どうしても、きみに頼みたかったから』

イヤホンの向こうで、ふふっという笑い声がした。

そこまで指名を熱望とは、ありがたいことで……。

それにしても、なんだかこいつからは独特の雰囲気というか、引き込まれそうななにかを感じるな……。声のトーン、話のペース……いや、言葉づかいか？

顔を見てるわけでもないのに……やりにくい。

『あらためて、御影冴華だ。話せて嬉しいよ』

「自分でいうのはアレだが、久世高の天使だ。ひとまず、用件は聞く」

そう促して、俺はコーラを多めに口に含んだ。

刺激的な甘みと清涼感。かすかな痛みが喉を抜けて、視界も気分もクリアになる。

ここからは、戦闘態勢だ。

……あっ。

「ちょっと待った」

『ん、どうしたのかな』

「……イジるのは、禁止だぞ」

『？』

釘刺しとかないとな、念のため。


御影さんからの手紙を伊緒に渡した、その日の夜。

『湊ってさ、明石くんのこと好きなの？』

「……へっ⁉」

通話状態で置いてあったスマホの向こうで、私の親友が言った。

ボキッという音を立てて、数式を書いていたシャーペンの芯が折れる。

一度時間を置いて、早鐘を打つ心臓に手を当てる。

ゆっくり息を整えてから、私は言った。

「なに言ってるのよ詩帆。惚れ癖はもう直ったって、話したでしょ」

『うん、聞いた。で、明石くんのこと好きなの？』

「ふみゃっ！」

今まで出したこともないような、おかしな声が出た。ついでに、出し直した芯も折れた。

この子は……ホントに……。

『惚れ癖なんて関係ありません。下手な言い逃れはしないように』

「あ、そうだ、お風呂入らないと」

『この前、お風呂用の防水スマホケース、あげたよね』

「……詩帆ぉ」

私はとうとう、ノートを閉じてスマホを掴んだ。

画面の中で、ジェラートピケの黄色いパジャマを着た詩帆が、やれやれと首を振っている。

私の親友は今日もかわいい。

けれど中身は、とっても意地悪だ。

『さあさあ湊さん。イエスかノーか、ふたつにひとつです』

結局、私は通話したままのスマホを浴室に持ち込んだ。さすがにもう、カメラは切ってある。

今日はいつもより、少しぬるめのお湯にした。

「……」

イエスかノーか。そう詩帆は言った。

それはつまり、私が伊緒のことを……す……。

「……わかんないもん」

『ふーん。なるほどなるほど』

追い討ちが来るのを承知で答えたのに、詩帆の返事は思いのほか穏やかだった。

『〈好きじゃない〉んじゃなくて、〈わからない〉んだね？』

「そっ……それは……」

たしかに、そのふたつには大きな大きな違いがある。

息を深く吸って、私は考える。それから、結論を口にした。

「わららい」

顔を湯船につけながら。

『え、なに？　なんて言ったの？』

「……わからないのっ」

今度はちゃんと、顔を上げた。

スマホから、クスッというかすかな声が聞こえた。

「だ、だって……！」

『うん。だって？』

「……だって……今までと全然、違うんだもん」

今までの、恋と。

不安と焦りと、縋るような気持ちでできてたみたいな、以前までのあの恋たちと。

『そっかそっかぁ』

「……なんで嬉しそうなのよ」

『いやぁ、湊はかわいいなぁと思って』

「詩帆」

スマホをキッと睨んでみても、当然ながら詩帆には伝わっていないようだった。ふふふ、という愉快そうな笑い声が、スピーカーから漏れてくる。

こっちはあの日から、ずっと悩んでるっていうのに……。

『まあ、湊にとっての好きは、ずっとそっちだったもんね。わからないのも仕方ないと思うよ、私も』

「……ずいぶん優しいわね、急に」

『こらっ、ずっと優しいでしょ』

「さっきはそんなことなかった」

『あれ？　そうだっけ？』

とぼけたように言って、詩帆はまた笑う。

『自分の気持ちが恋かどうかなんて、自分で決めなきゃ』

「……うん」

『ずーっと悩みのタネだった惚れ癖が、直ったんだもん。そんなに焦らなくても、今はゆっくり進めばいいんだよ。ね？』

「……詩帆」

『もちろん、困ったらいつでも、力になるぜ』

詩帆はふふんと、得意げに鼻を鳴らした。

やっぱり、彼女の言う通りだ。詩帆はいつでも、どこまでも優しい。

『あっ、でも湊と明石くんは、私的には推しカプだから。そのつもりでよろしくね』

「お、推しカプ……？」

なによその……恥ずかしい言い方は……。

『だって明石くん、冷たそうに見えるけど優しいし。ちゃんと湊のこと、大事にしてくれそうだもん。それに、お似合いだと思うんだよねぇ』

「お、お似合い……」

詩帆の口調が、思いのほか真剣だったせいか。

私の頭に、伊緒と並んで歩く自分の姿が浮かんだ。

胸がキュッと締めつけられて、口角が上がりそうになる。

お湯はぬるいはずなのに、今にものぼせそうだった。

「べ……べつに、そんなことないもん……」

『そうかなぁ？　身長差もいい感じだし、あと、たしか趣味も』

「も、もうっ！　いいの！　この話終わり！」

『えぇー。盛り上がってきたのに』

はぁ……やれやれだ。

それから、私は詩帆との通話を終えて、長めのシャワーを浴びた。
身体を拭いて、薄い部屋着を着て、髪を乾かす。
ゴォーっというドライヤーの音と熱でぼぉっとしながら、考えた。
——これからは、もう相談乗ってくれなくていいからっ！
あの日、私は伊緒に、そう宣言した。
そして……。
——確認するから、ほっぺた触らせてみろ。
——だっ、ダメ!!　絶対ダメ!!
だって、今触られたら。あのちからを、使われてしまったら。
見えるのは、もしかして。
「……はぁ」
この気持ちが恋なのかどうか、わからない。
今日詩帆に言ったそれは、たしかに本当のことだ。
だけど、もしこれが恋じゃないのなら。
私の惚れ癖は、どうして直ったというんだろう。

「……」

大恋愛をすればいいかもしれない、と伊緒は言っていた。正確には、伊緒の従兄弟の、明石有希人さんが。

例えば、その仮説が間違っていて。

惚れ癖が直ったのは、ただの偶然で。

なんのきっかけもなく、たまたまこのタイミングに、それが起こったというだけだとして。

そんなことが……あるのだろうか。

「……」

ふるふると首を振って、私はドライヤーの電源を切った。髪を手櫛で整えて、リビングに戻る。そのままベッドに倒れ込んで、枕に顔を埋めて唸った。

……もし、この気持ちが恋だとしたら。

そしてそれを、伊緒が知ったとしたら。

きっと伊緒は……困るだろうな。

「……だめ」

ごろんと仰向けになって、私は天井に向かって長い息を吐いた。

今は、これ以上考えたくない。

詩帆も言ってくれたように、まだ、ゆっくりでもいいでしょう？

第二章 天使は恋に挟まれる

『響希くんは、いわゆる幼馴染なんだよ』

御影冴華の話を、俺はコーラをちびちび飲みながら聞いた。

向こうにはボイチェンで機械音声になった、俺の相槌が届いてることだろう。

『私よりも三つ年上で、大学二年生。今はわりと近くに住んでいるのだけれど、もうすぐ下宿を始めることになってね。学校が大阪で、通うのが大変らしいんだ』

「ああ、だから『急いでる』のか」

『うん。会えなくなるわけではないにしても、機会はグッと減ってしまうからね。それまでに、どうしても彼を射止めたい』

御影の頼みというのは、なにを隠そう、シンプルに恋愛相談だった。

まあ、概ね予想通りではある。御影には好きな人がいて、まだ恋人にはなっていない。そんな噂があったうえでの、今回の手紙だからな。

しかし、年上の幼馴染、か。あの御影冴華といえど、恋愛事情は案外普通だな。

いや、むしろ湊が特殊なだけで、三大美女もただの恋する女子高生、ってことなのかもしれない。

だが、正直御影くらい美人なら、悩むこともないような気がするけどな。

こいつに告白されれば、よっぽどの理由がない限り、相手はオッケーしそうなもんだし。

……っていうか、ホントはもう両想いなんじゃないか？　お互いが気づいてないだけで。

「そもそも、どうして告白してないんだ？　仲がいいなら、今でも充分チャンスはあるだろ」

『いや、そうでもない。響希くんはとても、モテるんだよ』

「……ふむ」

それはお前もでは、とは、やっぱり言わないでおいた。

『かっこよくてスタイルもよくて、雑誌でモデルをしている。通っているのも優秀な大学で、おまけにすごく優しい人なんだ』

御影はまるで、電化製品のカタログスペックを読み上げるみたいに言った。

なんとまぁ、絵にかいたような完璧超人だな。

恋は盲目っていうから、当然多少はフィルターもかかってるだろうけど。

ただ、御影が惚れる相手ならあり得ない話でもない。

「つまり、自分が相手にとって魅力的かどうか、自信がないってことか？」

『情けない話だけれど、そういうことだね』

「ほお……」

意外と弱気だな、三大美女め……。

とはいえ、こういうのは外野の感覚で、無責任に語っていいものじゃない。大事なのは客観的な意見より、本人の気持ちだ。

それに、その響希が実際どんなやつなのか、俺は知らない。

関係が深い御影がこう言ってるからには、それなりの根拠があるんだろう。

『響希くんとは、ずっと友人のように接してきたからね。あらたまって交際を申し込むというのに、抵抗もあるんだよ。彼が私を異性として見ていないなら、迷惑にもなるだろうしね』

「……なるほどな」

親しいがゆえの難しさ、ってやつだろうか。

「要するに、告白してもオッケーがもらえるかどうか不安で、相手が自分をどう見てるのかもわからない。フラれる恐怖と、相手への遠慮。それが、お前が踏み出せずにいる理由ってことだな」

『おお……きみはすごいね。その通りだよ。さすがは久世高の天使だ』

ふふん。なんせ専門分野だからな、湊のときとは違って。

と、調子に乗ってる場合ではない。

さて、どうしたもんかな……。

『やっぱり、きみに相談して正解だったね。どうだろう？　響希くんと恋人になれるよう、力を貸してくれないかな』

御影の声には、さっきまでよりも一際強い切実さがこもっていた。

俺はひとつ吐息をついてから、顎に手を当てて目を閉じる。

正直……すぐに頷けるような状況じゃない。

相談の内容だけでいえば、思ってたより単純だった。

響希が下宿を始めるまでに、御影が勇気を出せるよう背中を押す。自信がないなら、自信をつけさせる。遠慮があるなら、それを取り除く。やることは明確だ。

だが、問題はこの相談内容自体とは別のところにある。

すなわち、志田創汰からの依頼との、バッティングだ。

「……」

志田は御影のことが好きで、告白をしたがっている。

そして俺は、それを応援すると決めた。

この状況で御影の相談も引き受ける、ということの是非が、どうしても懸念点になってくる。

志田に対しては、当然申し訳ない。が、それを理由に御影の頼みを断るのだって、同じくらい気が引ける。

話を聞いてしまった以上、先に相談関係が成立してる方が優先とか、そんな機械的に割り切れるものじゃない。それに……。

「向こうが下宿を始めるまでに、と言ったな。それまで、あとどれぐらいだ」

『実はね、すでにひと月を切っている。私にはもう、時間がないんだ』

「……そうか」

　おいおい、ずいぶん切羽詰まってるな……。

　これじゃあますます見過ごせないぞ……。

『私も、もっと早くきみに相談したかったんだよ？　だけど手紙は来ないし、こちらから接触する手段もなかったからね』

　御影は申し訳なさと恨めしさの混ざった口調で言った。

　それはまあ、すみませんでしたね……。

　けど実をいえば、お前も相談者候補リストには入ってたんだよ。志田の好きな相手がお前だったせいで、結局選べなかったけどな。

　もちろん、できればこういう取捨選択はしたくない。

　が、受けられる相談の数にも限界はあるし、あえてバッティングする案件を受けようとは思えなかった。

　これまでだって、そうならないようにうまく調整してきたのだ。

　好意の矢印が複雑になるのは、恋愛なら当たり前だ。だからこそ、天使の仕事は難しい。

『でも、そこにあの全校放送があった。柚月さんには悪いけれど、コンタクトを取るなら今しかないと思ったんだ』

「そういうことか……」

御影にとっては、やっと来たチャンスだったってわけだ。

「……」

自分が今、なにとなにを天秤にかけるべきなのか。どうするべきなのか。

はっきりいって、全然わからない。

志田のことは、全力で助ける。

あいつが御影に告白できるように。できれば、それが成功するように。

そして御影の恋を応援するというのは、志田の告白の成功率を下げることに直結してしまう。

だが、志田を助けることと、御影を助けること、このふたつは本来、全く別の話だ。

天使の仕事は、友達の恋愛相談とは違う。

それぞれを繋げて考えたり、個人的な感情でどっちかに肩入れする方が、むしろ公平性を欠いてる。フェアじゃない。

もし志田の相談を受けていなければ、俺はこの御影の頼みだって、断らなかったはずだ。

「……ふぅ」

一度マイクをミュートにして、長い長い息を吐く。

それから、グラスに半分ほど残っていたコーラを、一気に飲み干した。

しゅわしゅわと、口の中で涼しい音が鳴る。

そして名残惜しそうに、ゆっくり消えていく。

炭酸は、答えをくれない。

だからちょっとだけ力を借りて、自分で決めるんだ。

後悔しないように。

それを選んだ自分を、ちゃんと好きでいられるように。

基本に立ち返れ、明石伊緒。

俺の目的は、恋を実らせることじゃない。

結果にかかわらず、そいつが自分の恋に決着をつけて、後悔しないようにすることだ。

俺と同じ思いをするやつが、もう出ないようにすることなんだ。

「もし……私がお前の相談を断ったら、お前はどうする？」

わずかな望みに縋るような気持ちで、俺は御影に尋ねた。

『告白は……うん、それでもしたいと思うよ。だけど、実際どうなるかは……わからないね』

ああ……それならダメだ。

やっぱり、放っておけない。

「わかった」

許してくれよ、志田。

絶対に、手を抜いたりなんかしないから。

『それじゃあ……』

「ああ、引き受ける方向で進める。あとは、お前がこっちの条件を呑めるかどうかだ」

『そうか……！　ありがとう。本当に、助かるよ』

ホッと息をついて、御影は掠れた声で言った。

対して俺は、心苦しさと決意がない混ぜになったような気分で、ぐったり椅子にもたれた。

ただでさえ、背中を押すのだけでも苦労するのに。

こういう板挟みでの身の振り方には、これからも悩まされそうだな……。

結局、御影は諸々の条件もあっさり承諾し、晴れて天使の相談者になった。

そしてその翌日から、俺は志田と御影の相談を、ほぼ日替わりで進めた。

「相手のスペックが高すぎるがゆえの、競争率とハードルの高さ、自信のなさ。それに、具体的な接点がないことへの後ろめたさ。最後に、御影に好きな相手がいることによる、勝ち目の薄さと遠慮。これが、お前が今、告白できずにいる原因だ」

手元のノートを確認しながら、俺は通話相手の志田に向けて言った。

『おっ……おう、そうだな……。でもなんか、こうしてみると情けないな、俺……』

「いや、みんな同じだよ。今までの相談者も」

それから、あのときの俺も。

「だが、一度こうして言語化すれば、現状を正確に認識できる。それに、自分の気持ちとしっかり向き合えれば、不安も軽減される」

『あぁ……それは、たしかにそうかもな。バスケでも格上が相手のときは、怖ぇーっ！　って声に出した方が、リラックスできたりするし。それと一緒か』

「まあ、そんな感じだ」

俺はスポーツで叫んだことないから、知らないけども。

「そのうえで、どうすれば今挙げた問題を解消、または改善できるか、考えていくことになる。もちろん、そのあとはちゃんと実行しなきゃだが」

『な、なるほど……実行ね』

緊張したような声音で、志田が繰り返す。

そう、実行だよ。こればっかりは、避けて通れないからな。

『それにしても、けっこうシステマティックなんだな……天使の恋愛相談』

「スピリチュアルな方がいいか？　気合も根性も大事だが、今はまだその段階じゃない。状況に合わせて、やるべきことも必要なものも変わるんだ」

『お、おお……なんか説得力を感じる……！　さすが、都市伝説になるだけあるなぁ』

まあ、都市伝説になるように仕向けたのも俺だけどな。

「さて。さっきの原因の中で、一番単純かつ手がつけやすいのは」

『つ、つけやすいのは……？』

「御影(みかげ)との接点、だろうな」

『うっ……』

おいおい、なんだその呻(うめ)き声は。始まったばっかりだろ。

「たしか、直接的な関わりはないんだったな。友達だとか、なにか同じコミュニティに入ってるとか」

『……ないです』

「じゃあ、作るしかないな」

『作るしかないのか……』

「たまに話す、とかもないか？　定期的に顔を合わせる場がある、とか」

ないだろ。実行だよ、実行。

『ないんだよなぁ～……。一方的に遠くから見てる。うわ、俺イタいな……』

「イタくないよ。片想(かたおも)いなんてそんなもんだ」

ただそれはそれとして、シンプルにきっかけ作りが難しいな。どうしたもんか。

『でも……御影さんって友達とかいないっぽいよな、そもそも』

「まあ、そうだな。特定の友人がいる印象はない。かといって、孤立してる様子でもないが」

『だよなー。なんか、みんなの御影さん、って感じ。誰とでも近いけど、決定的に近くはならない、みたいな？』

……ふむ、さすが、好きな相手だけあってよく見てるな。

俺も多少下調べはしたが、そこまではわからなかった。

でもそうすると、友達になるのもあんまり簡単じゃないのかもしれないな……。

「告白しても響希の迷惑にならないかどうか。そして、告白が成功する自信が持てるかどうか。この両方に共通して、最初に確認しておきたいことがある」

俺が言うと、御影冴華は『うん』と短い相槌を打った。

今日も、通話とは思えないほど澄んだ声だった。

「そもそも、向こうに好きな相手はいるのか？」

明確なライバルがいるかどうかは、告白の勝率にも、抵抗感にも、当然大きく影響する。

初めて話したときは聞きそびれたが、まずはここをはっきりさせなきゃならない。

『うぅん……どうだろうね。彼とは、あまりそういう話をしたことがないんだよ。ほら、恥ずかしいだろう？』

そんな返事の内容に反して、御影の声音は落ち着いたものだった。

「……だが、無視できないポイントだぞ。響希はモテる、とお前は言ってたが、それよりも、本人に想い人がいるかどうかの方が重要だ」

『ふむ、それはたしかにね。だけど、恋人はいないはずだよ。アプローチを受けていたりは、もちろんすると思うけれどね』

言いながらも、御影には特に不安そうな様子もない。

さっきから、妙に悠然としてるな、こいつは……。

イメージ通りといえばそうだが、なんとなく調子が狂う。

『ああ、そういえば。ねえ、天使』

「ん？」

『噂では、天使には不思議なちからがある、となっていたろう？　それは、本当なのかな？』

さっきまでとは違う、少しワクワクしたような調子で、御影が言った。

とうとう聞かれたか。ただ、こんなのはもう慣れたもんだ。

『たとえばそのちからで、相手に……響希くんに好きな人がいるかどうか、そういうことがわかったりとかは――』

「……いや、残念ながら、そして当然ながら、あれは嘘だよ」

御影には悪いが、テンプレの返しをさせてもらう。

聞かれても慌てなくて済むように、返答はあらかじめ用意してある。備えあれば、だな。

まあ、御影が出した例えがピンポイントすぎて、さすがにちょっと焦ったけども。

とはいえ、湊に見破られたときに比べれば、これくらいどうってことない。

あのときははっきりいって、生きた心地がしなかったからな。

「正確には、嘘というか誇張だ。恋愛相談には、予感とか直感とか、そういうものも必要になるからな。超能力みたいなものがある、って話じゃないよ」

正確には、普通に嘘だし、誇張じゃなくて完全に超能力だ。

だが例によって、あのちからのことは基本的に、身内以外には秘密だ。

顔に触った相手の好きな人が見える、なんて、信じてもらえるとも、信じてほしいとも思わない。言うだけリスキー、メリットなしだ。

『……ふむ、なるほど、そうなんだね』

「ガッカリしたか？」

『まあね。本当かもしれない、という気持ちも、ゼロだったわけじゃないから』

冗談のようにそう言って、御影はかわいらしくクスクスと笑った。

まあ、誰にでも秘密はあるってことで、許してくれ。

それからできれば、今回はこのちから、使わなくて済むことを祈ってるよ。

「それでいえば、お前から直接、響希に聞けないのか？　好きなやつがいるのか、って」

『こら。さっきも言ったろう？　恥ずかしい。できるなら、もうやってるさ』

そのわりに、やっぱり恥ずかしそうには見えないけどな。

感情の読みにくいやつめ。

『天使ー……聞いてくれよぉ』

「……なんだ」

通話を繋ぐや否や、志田はなんとも弱々しい声を出した。

こっちは誰かさんと違って、わかりやすくて助かる。

『今日、御影さんまた告られてたらしいんだよぉ……』

「ほお、相変わらずの人気だな」

『冷静かっ！　冷静の極みかっ！』

「今さら驚くことでもないからな。それで、結果は？」

まあ、それこそ聞くまでもないだろうが。

『……いや、断ったっぽいけどさ』

「そうか。ひとまず、よかったな」

『よくないんだよぉ……。あらためて怖くなってきた、マジで……』

志田が青ざめているのが、イヤホン越しにも伝わってきた。

気持ちはわかる。告白っていうのはそうやって、決行の直前まで、何度も心が行ったり来たりするもんだ。

「今日は、休みにしてもいいぞ」

『……えっ』

「メンタルが弱ってるときは、無理するべきじゃない。休んだり、時間を置けば、また復活するさ。焦ってもいいことはないからな」

『て、天使ぃぃいっ……！』

涙混じりの声で、志田は小さく叫んだ。ちょっと、いや、かなり暑苦しい。

当然、ゆっくりするのにも限度はある。

前進のための一時停止と、進まないための停滞は別物だ。

だが、そこは俺が注意して、ちゃんと調整すればいい。

これだって、れっきとした天使の仕事の一部だ。

「ただ、わかってると思うが、御影にも好きな相手がいる、ってことは頭に入れておけよ」

『うぐっ……そ、それは……』

「お前が御影に告白しようと思ってるのと同じように、御影だって、恋を進めようとしてるかもしれない。人間関係なんて、いつ変わるかわからないからな」

そうだ。それに……誰にいつ、どんなことが起こるかだって、わからない。

だから、どうなっても後悔しないように、ちゃんと伝えなきゃいけないんだ。

志田には、まだそのチャンスがある。

御影の事情は、お前には話せない。今はこの忠告だけで、なんとか危機感を持ってくれ。

「とはいえ、あくまで大切なのは、お前自身の気持ちとペースだ。どうする？　やらないなら、今日はもう終わりにするが」

『いや……やる！　今の天使のセリフで復活した。やるぞ！　おら！』

「ほお、元気だな」

『おう！　やる気、元気！　御影さん大好き！』

「一応忠告しとくが、わりとキモいぞ。あと、語呂も悪い」

『うるせぇやい！』

志田はいつもの陽気さを取り戻したように、なははと笑った。

まあ、基本的に前向きなやつみたいだし、背中を押す側としてはありがたいな。

『……なあ、天使』

「ん？」

『今日、御影さんにフラれたあいつとか、今まで告白して、断られたやつらってさ……』

ふと、志田の調子がまた少し暗くなっているのに、俺は気がついた。

『オッケーしてもらえると思って、言ったのかな』

「……さあな」

『怖く……なかったのかな』

……なるほど、そういうことか。

「そりゃ、怖かったろうさ。だけど、それでも、告白したかったんじゃないか」

『……そうだよな』

「まああとは、逆にそこまで好きじゃないか、だな。だからこそ、フラれるのが怖くない。付き合えたらラッキー、くらいの気持ちのやつも、いるだろうさ」

『……ああ、そうだな』

「……」

わかるよ、志田。

御影には、好きな相手がいる。それを、お前は知ってしまってるんだもんな。

怖くないわけ、ないもんな。

「志田」

『……ん』

「それでも進もうとしてるお前は、ホントにすごいよ。俺が保証する」

『……天使』

「……」

『……今、また俺って言った？』

「ぬぁっ⁉」

バカなのか、俺は……。

「響希に好きな相手がいるかどうか、確認ができないってのはわかった。なら今まで、恋人ができてるのを見たことはあるか？」

三度目の通話を繋いですぐ、俺は御影に尋ねた。

御影は少し間を置いて、『ふむ』とかわいらしく鼻を鳴らした。

『いや、それもない。けれど、実際のところはわからないね。私に秘密にしている、という可能性もないとは言い切れないから』

「恋人の存在を隠せるくらいの距離感なのか？　響希とは」

『なにせ、歳が三つ違いだからね。響希くんが高校生だった頃、私はまだ中学生。そして今は大学生と高校生だ。お互いの学校生活のことは、ほとんどわからないというのが実際だよ』

「ああ、そういうことか……」

しかし、三つ離れた幼馴染っていうのも珍しい気がするな。幼稚園も被らないだろうし。

まあ物語の世界でもないし、現実はそんなもんなのかもしれない。

『けれど、今までの響希くんの恋愛遍歴が、今回の件に関係あるのかな？』

と、なにやら本当に疑問に思っているような口調で、御影はそう聞いてきた。

そりゃお前、あるに決まってるだろ。

「もしそれだけモテるはずの響希に彼女がいたこともないなら、考えられることがいろいろある。そもそも恋人を作る気がないとか、実は全然モテないとか。それに……」

『それに？』

「ずっと好きな相手がいて、でも告白できていない、とかな。お前と同じように」

『ふむ……そうだね。私にとっては、あまり嬉しくない展開だけれど』

御影は冷静、というか、淡々とした声で言った。

なんだ？　意外と鈍いのか、こいつ。

「その相手が、お前だっていう可能性もあるだろ。お互い好きで、お互い知らない。いわゆる、両片想いだ」

『……ああ、そうか。両片想い、という言葉は初めて聞いたけれど、たしかにね』

ありゃ、知らないか。最近は、けっこう熱いジャンルなんだけどな。

いや、今はそんなことよりも。

「もっと喜んでもいいところじゃないか？　もしそうなら、告白さえできれば万事解決だぞ」

楽観的、といわれればそれまでかもしれない。

だが御影ほどの美少女なら、響希の方がすでに惚れてるってことだって、充分考えられる。

少なくとも、第三者の俺から見れば。

『うぅん……だけど私が思うに、残念ながらその線は薄いね』

「……なぜ？」

『普段のやり取りから考えて、かな。下宿をする、と私に話してくれたときも、彼はあまり悲しそうには見えなかったからね』

「なるほどな……」

『私はショックだったんだけどね。彼の様子を見て、ますます気持ちが弱ってしまったよ』

「それは……悪いこと聞いたな」

『ううん。構わないよ、これくらい』

本当に気にしていない様子で、御影はさらっと言った。

やっぱりこいつの自信のなさには、それなりの理由があるらしい。

だがそうなると……この話は避けられないだろうな。

「はっきり言うぞ、御影」

『うん。どうぞ』

また、やたらと落ち着いた反応。

それなりにドキッとしそうな前振りなのに、相変わらずおかしなやつだ。

感情がわかりやすい志田なんかと比べると、特にだな……。

「響希が下宿を始めるまで、あと三週間くらいしかない。だがそれだけの時間じゃ、響希から見たお前の魅力を引き上げるのは難しい。それはわかるか？」

『……というと？』

今度はさすがに、御影の反応が少し硬くなった。

「お前と響希は幼馴染で、もう関係性がそれなりに固まってる。お互いのことだって、よく知ってるはずだ。早い話が、短期間で伸ばせるような伸び代がない。高校で初めて知り合ったふたり、とかならまだしもな」

『……そうだね、たしかに。だけど、それでも私は——』

これじゃあ、アプローチの機会もかなり限られる。

しかも御影の話では、響希は学校とモデルの仕事で忙しく、会える頻度も高くないらしい。

「だが」

『ん……』

「だが、お前に自信がないというのと、実際に告白を断られるというのは、決してイコールじゃない。ダメだと思ってたって、成功するかもしれない。いや、成功するんじゃないかと、私は思っている。あくまで、個人的にはな」

『……ありがとう。それで？』

まるで、まだ続きがあることがわかっているように、御影はそう促した。

「いろいろ、考えた。けれど私にできるのは、お前がしっかり踏み出せるように、勇気づけてやること。それから、いい告白の仕方を、一緒に練ってやることだけだ」

『……そうか、ふむ』

申し訳なさは、当然ある。

制限時間を聞いたときから、この結論が見えてなかったわけでもない。

それでも、きっと御影は天使に相談するべきだった。

そして俺は、この相談を受けるべきだった。

俺の、勝手な考えかもしれない。けれど、そう思う。

『つまり……おおよそは今の私のまま、ぶつかるしかないということだね。そしてそれができるかどうかも、私の気持ち次第だと』

「……そうだ。不甲斐ないが……」

『ううん。たしかにこの状況を考えれば、きみの言う通りなのかもしれない』

「……」

思わず、黙ってしまう。

しかし御影はどういうわけか、イヤホンの向こうでふふっと笑った。

「……なんだ？」

『ふふふ。いや、すまないね。ただ、それは私には言わない方がよかったんじゃないかな？』

『だって、怖気付いてしまうかもしれないよ？　私は、響希くんにフラれると思っているのに。ふふっ』

「えっ……」

ああ……そういうことか。

いやそれにしても、なんでそんなに笑ってるんだよ……。

「告白の成功率が上げにくいってことは、いずれお前にもわかったはずだ。なら、最初から話しておいた方がいい。もしも告白の直前で気づいたりでもしたら、それこそ不安になる。よく考えたら無理なんじゃ……ってな」

『なるほどね。それはそうだ』

そう言いながらも、御影はまだくすくすと喉を鳴らしていた。

おい、マジメな話なんだぞ……。

『だけど、きみはなんというか、本当に真剣だね。失礼かもしれないけれど、ここまでとは思っていなかった』

「……それを言うなら、私にはお前のその余裕が不思議だよ」

『おや、そんなことはないよ。これでも不安なんだ』

不安、ねえ。

まあ感情の起伏が激しいタイプよりは、話がスムーズで助かるけどな。

◆◆◆

「あぁ〜〜〜。疲れたぁ〜〜〜」

昼休み。屋上の床に仰向けになって、俺はわざと吐き出すように叫んだ。

そんな声も空にあっさり吸い込まれ、虚しく消えていく。

けれどほんのちょっとだけ、疲労が取れたような気がした。

「なにが疲れたぁーだ。さっきの授業も聞いてなかったろ、お前は」

そんな心ないことを言いながら、日浦がひょいっと俺の顔を覗き込んできた。

相変わらず、口調に似合わずかわいい顔をしている。

「おらおらおら」

日浦は変な声を上げながら、ほっぺたにピシピシとデコピンを食らわせてきた。

痛い。そして、爪が刺さっている。

「やめなさい。俺は今、気力回復に努めているのだ。労りたまえ」

「どうせまた天使のあれだろ。しょーもな」

「しょーもなくない。それに、今は大変なんだよ、いろいろと」

なにせ最近は志田と御影、連日どっちかと通話だ。

おまけに、もっと前から受けていた相談も、たまに進めている。

並行で複数の依頼を進めるの自体はしょっちゅうだ。

が、今回は予定がやたらと詰まっていて、相談内容も複雑だ。

スケジュールもそうだが、なにより考えることや気を使うことが多く、正直心身ともにかなり参っていた。

まあ好きでやってることだから、いいんだけど。

「お節介に精が出るこって」

「なんだよ今さら。あ、もしかして昨日、遊ぶの断ったから拗ねてるのか？　ん？」

「うるせーっ。ゲーセンの気分だったのに！　あほ明石！」

「はいはい悪かったよ。埋め合わせするから、許してくれ。な？」

「ふんっ」

やれやれ、やっぱり拗ねてたのか、かわいいやつめ。

日浦は基本的にドライだか、実は寂しがり屋なのである。

「でも、週末はあれ行くんだろ？　たしか京都の――」

「あっ、明石くん発見」

俺のセリフを遮るようにして、不意にいつかと同じような声がした。

見ると、これまたいつかと同じように、藤宮が屋上の入り口に立っている。少し後ろには湊の姿もあった。

おいおい、よく現れるな……。

「日浦さんもこんにちは。なにしてるの？」

「なにしてるもなにも、メシだよ。昼休みはだいたい毎日ここだし」

「ふぅん。ふたりで？　三輪くんは？」

「玲児は気が向かないとかで、今日はいない。よくあることだ。気まぐれマンだからな」

「あたしらで貸切ー」

日浦はいつの間にかパンの袋を開け、モグモグと頬張りながら言った。

日頃のしつけの甲斐あってか、ちゃんと口に手を当てている。よくできました。

「……ん？」

ふと、藤宮の後ろにいた湊の顔が、なにやら強張っているのがわかった。

「湊、どうした？」

「へっ？　う、ううん！　なにもないわ！　ええ、なにも！」

そう言いつつも、湊は首をやたらとぶんぶん振っていた。

まあ本人がなにもないって言うなら、そういうことにしておこう。もし困ってれば、相談してくるだろうし。

「お前らこそなんの用だ？　一応、学校ではなるべく距離を置いてくれって、頼んどいたろ？

悪いとは思ってるけどさ」

俺は入り口まで歩いて、ドアの鍵を閉めてから言った。

「あっ……ご、ごめん伊緒っ。ただ……」

「大丈夫だよぉ。ここなら誰にも見られないし、たまにしか来ないから」

湊と藤宮は対照的な反応だった。

それにしても、藤宮ってけっこう雑というか、わりと強引だよな……。

「……まあ、今日はいいよ。それで、どうしたんだ？」

「あ、そうそう。一番お世話になった明石くんには、なんだかんだまだちゃんとお礼できてないでしょ？　私たち」

藤宮は身体の後ろで手を組んで、ニコニコした柔らかい笑顔で言った。

「だから、なにかプレゼントとかできたらなぁって、相談にきたのですよ」

「ああ……いや、気にしなくていいぞそんなの。俺も、迷惑かけたしな」

「えぇ～。なに、迷惑って」

「いろいろだよ。それに、もともと報酬はいらないって話だったし」

そりゃ、気持ちはありがたいけども。

「ほ、報酬とかじゃないっ……！」

突然、湊がグイッとこちらに踏み込んできて、少しだけ低い位置から俺を見上げた。

いつもは鋭い目が大きく見開かれ、うるうると揺れている。

ちょっとぶりに至近距離で見た湊の顔は、当たり前だが、めちゃくちゃに綺麗だった。

思わず、たじろいでしまう。

「うっ……な、なんだよ」

「……ホントに、感謝してるの。それに、と、友達……なんだから、お礼くらいさせてよ」

最後の方は俯き気味になりながら、湊が言った。

なにも、そんなに必死にならなくても……。

そもそも、結局惚れ癖の解消自体には、俺は特に役に立てなかったんだけどな……。

「あ、あとはほら……イヤホンもくれたし……。そ、そうよ！　少なくとも、そのお返しは受けるのが筋じゃないの？」

「いや……まああのときは、俺だってお前に申し訳なくてだな……」

言いながら、俺はチラリと周りを見た。

日浦はなぜか呆れたような顔で、藤宮は未だに満面の笑みで、こっちに視線を向けている。

マズいな……あんまり口論してると、こいつらに聞かれなくていいことまで喋りかねない。

……まあ、そんな頑なに拒むことでもないか。

「わかったよ……」

「……え」

「お礼、ありがたく受け取る。お前らも、その方がスッキリしそうだし」

「そ、そう……ありがと」

ありがとう、ってのも変な話だけどな。どっちかといえば、俺のセリフだ。

「じゃあ決まりってことで！」

勢いよくそう言って、藤宮が湊の後ろからヒョイっと顔を出した。

「明石くん、土日どっちか空いてる？　一緒に買い物行こー」

「お、おお……急だな。けど、今週末はバイトと……」

そこで、俺はおそるおそる、横目で日浦を見た。

「明石」

「はい。わかっております、姫」

だからそんなに睨まないでください。

「ん、なにかあるの？」

「日浦と、ちょっと予定がな。来週ならたぶん大丈夫だから、それでよければ」

「え。明石くんと日浦さん、ふたりでなにかするの？」

藤宮は俺と日浦の顔を、キョロキョロと見比べた。

驚いたように、ぱっちりした目をさらに丸くしている。

「京都に、行きたい場所があるんだと。俺は付き添いだ」

「『世界一濃い抹茶ジェラート』の店だ。いいだろ」

日浦はなぜか、得意げに胸を張っていた。

まあたしかに、今回は俺もわりと楽しみにしている。なにせ、有名店らしいし。

「抹茶ジェラート？　それって、『ななや』？」

「むっ。藤宮、知ってんのか」

ギラリと目を輝かせて、日浦が尋ねた。

「知ってるよー。三条にあるやつでしょ？　中学のころ、湊とよく行ってたもん。ね？」

「え、ええ。懐かしいわね、ななや……」

湊も小さく頷いて、ピンと伸ばした指を顎に当てていた。

そういえば、こいつらふたりとも京都人だったな。

しかしこれは……なんか、先が読めるような……。

「決まりだな」

「決まりだね」

「……一応聞くけど、なにがどう決まったんだ」

「藤宮と柚月も連れてくぞ。土地勘あるやつがいた方が、面倒が少ない。それに、予定が一日にまとまる」

「……さいですか」

言ってることはわかる。が、そういうのは全員の了承を得てから決めるものじゃないかしらね。違いますか日浦さん。それと、藤宮さん。いやお前もかよ。

とはいえ、俺も日浦もなやのあるあたりには行ったことがないのも事実。

京都の道はわかりやすいという話だが、地元民がいてくれるのは心強い。

あと、たしかにジェラートのためだけに出張るよりは、用が兼ねられた方が費用的にも手間的にも助かる。

うぅむ、結局ナイスアイデアだ。ただ、俺や湊たちの用は日浦には関係ないんだけどな。

もしかすると、あいつなりに気を利かせてくれたのかもしれない。

と、いうわけで。

「湊も、それでいいか？」

「え……う、うん。それに京都なら、外で久世高の人に会ったりもしなさそうよね」

なるほど……。むしろ、却下する理由がないな、こりゃ。

「んじゃ、けってーい。藤宮、これあたしのＬＩＮＥな。グループよろしく」

「任せとけっ」

そんなことを言って、マイペースコンビはちゃっちゃと段取りを進めていた。

なんか、意外と気が合いそうだな、あのふたり。

「ね、ねえ……伊緒」

俺が日浦たちをぼんやり眺めていると、隣にいた湊が呟くような声で言った。

「……日浦さんとは、よくふたりで出かけるの？」

「あー、まあな。わりとある」

「そっ……そう」

消え入りそうな声で、湊が言う。長い髪のせいで、表情はわからなかった。

「いつもやること一緒だけどな。メシ食いに行ったり、アイス食いに行ったり。いや、食ってばっかりだな……」

「……ふぅん」

「おい。ふぅんやめろ」

聞かれたから答えたのに。

◆◆◆

「ところで、いつ響希に告白するのか、もう決めてるのか？」

水滴が浮かびはじめたグラスに口をつけてから、俺はマイクに向かって言った。

今日のお供は、気分で選んだオランジーナだった。

柑橘系の渋みと炭酸の爽やかな口当たりは、それはもうとにかく相性がいい。

　特にオランジーナは甘さの調整が絶妙で、ちょっとエキゾチックな風味も手伝って、たまに無性に飲みたくなる。炭酸界のいぶし銀だな。

『うぅん……あまり、決めてはいないかな』

　御影は、いつも通りの飄々とした口調で答えた。

『だけどたしかに、彼の予定も確認しておかないといけないね。モデル業も大学の講義も、最近はますます大変みたいだから』

「だな。もし告白する決心がついても、タイミングがなけりゃどうしようもない」

『うん。それじゃあ、早めに聞いてみるよ』

　さらりとそう言って、御影は一度言葉を切った。

……やっぱり、落ち着いている。

天使の相談者は普通、俺の指示や提案を、簡単には受け入れない。

正確には、恥ずかしさと恐怖にためらいつつ、勇気を出して実行に移す。

それは俺の指示が大抵、状況を変えるのに直結するものだからだ。

恋を進めるのは、難しい。好きな相手との関係を変えるのは、怖い。尻込みして当然だ。

なのに御影からは、焦りも、恥じらいも、もっといえば必死さも、あまり感じられない。

べつに、悪いことじゃない。むしろ感心するくらいだ。

ただ、ここまで冷静だと、さすがに妙な気もしてくる。

御影の鷹揚な人柄……だけが理由なんだろうか……。

『天使？　どうかしたのかな？』

「あ、ああ……いや、なんでもない」

『ん、そうか。きみがぼーっとしているというのは、なんだか珍しいね』

御影は揺れるように、クフフと笑った。

原因はお前なんだけどな、とは言えない。

まあ、考えても仕方ないか。特になにか、困ってるってわけでもなし。

それよりも……今日は話しておかなきゃいけないことがあるからな。

「御影」

『うん、なにかな』

「もし……響希にフラれたら。お前はどうする？」

俺の語気の変化を感じ取ったのか、御影はそれまでよりも少し、神妙な声で答えた。

『それは……あまり想像したくはないね』

「そうだな。だが、考えておかなくちゃいけない」

本来なら、不安にさせかねない話題だろう。正直、俺だって気が引ける。

ただそれでも、御影は依然として平静を保っているようだった。

今に限っては、御影のこの反応もありがたいと思ってしまう。

『どうだろうね。そのときにならないとわからない、というのが本音かな。ただ、結果はしっかり受け入れるべきだ、とは思っているよ』

「……達観してるんだな」

『もちろん、不本意だけれどね。恋愛には、諦めるということも必要だろうから』

淡々とした口ぶりで、御影は言った。

たしかに、その通りだろう。一般的には、模範解答とすらいえるかもしれない。

……けれど。

「あくまで、私の考えだが」

『うん』

「今回については……お前は、諦めなくていいと思う」

『……どういうことかな』

御影の怪訝そうな声が、イヤホンから漏れてきた。

「お前には、告白までに許された日数も機会も、少なすぎる。この話は以前もしたな」

『そうだね』

「響希が下宿を始めれば、たしかに会うハードルは上がるだろう。関係も疎遠になるのかもしれない。それまでに告白して、恋人になりたい。その気持ちは素直だと思うし、よくわかる」

そこで、俺はまたグラスを取って、オランジーナを口に含んだ。

泡の弾けるかすかな音に耳を澄ませながら、ゆっくり飲み下す。

「だが一方で、それは響希への告白までに、全力を尽くせないってことだ。今回の告白の結果は、厳密にはその、限られた時間内での成果でしかない」

『……』

「だからもし、フラれても。それでもう希望がない、なんてことには全然ならない。もっと長い目で見れば、響希を振り向かせられる可能性は、いくらでもあるんだから」

『時間がない』。初めて通話した日、御影はそう言った。

けれど本当は、時間がないなんてことはない。

ただ、一区切りつくだけ。

今、この時点での相手の気持ちが、わかるだけだ。

「ちゃんと気持ちを伝えれば、それでいいんだよ。今回がダメでも、まだまだこれからチャンスはある。むしろお前は、フラれてからがアプローチ本番とすらいえる。たった一ヶ月しかないのに、その結果だけで諦めるなんて、もったいない。違うか？」

『……ああ。たしかに、そうだね』

御影はゆっくりと、注意深く並べるように言葉を続けた。

今の俺の主張を、こいつがどう思ったのか、それはわからない。

ただ御影の声には、今日初めて、感情の揺らぎがこもっているような気がした。

「勘違いするなよ。もちろん私は、お前が今回フラれるとは思っていない」

『……うん。わかってるよ』

「ただ……お前にやっぱり自信がなくて、成功すると思えないなら、こういう考え方もしてみてほしかったんだ。悪いな、急に長々と」

『ううん。私を勇気づけるために言ってくれているというのは、ちゃんと伝わっているさ。ありがとうね、天使』

「……そうか」

正直その反応だと、あんまり手応えはないけどな……。

まあ理解してくれたなら、ひとまずはよかった……かな。

俺は長く重い息を吐いて、少しだけ椅子から立ち上がった。

肩を動かすと、コキコキと音が鳴る。やっぱり無意識に、身体に力が入ってたらしい。

『きみは……私のことを本当に、よく考えてくれているんだね』

「うっ……ま、まあな。それが、天使としての仕事だ」

にわかに早まった鼓動を鎮めながら、俺はできるだけ平淡にそう返した。

頼むから、そういうドキッとすることは言ってくれるなよ……。

三大美女なんだぞ、お前は……。

『すごく、感謝しているよ。それに、今まできみに相談したみんなが、そうだったと思う』

「……いや、どうかな。わからないよ。全員が全員、うまくいったわけじゃないからな」

『だけど、見たよ。この前のあの張り紙』

「あ、ああ……あれか」

御影が言っているのは、例の全校放送のあとで、誰かが昇降口の掲示板に張っていた紙のことだろう。自分たちは天使の味方だ、と。

嬉しかったし、頼もしかった。けど、あいつらはたぶん、バカなのだ。

返事なんてせず、心に留めてくれさえすれば、それでよかったのに。

『それに、あの放送はとても……うん、とても素敵だった。きみなら、きっと信頼できるんじゃないかと思ったよ。だからこそ私は……こうして、きみに手紙を出したんだ』

前に志田に言われたのと、同じようなセリフ。

なのに御影の声からは、なぜだか妙な暗さというか、後ろめたさを感じるような気がした。

俺の考えすぎ……だろうか。

『ところで、告白はどんな言葉がいいかな？　誰かに好きだと言うのは初めてだから、全然わからなくてね』

「え、あぁ……そうだな。今のうちに、考えておくか」

『うん。なんなら、きみを相手に練習もしたいな』

「……まあ、必要があればな」

『おや。冗談のつもりだったけれど、それじゃあ付き合ってもらおうかな。ふふっ』

だから、そういうからかい方はやめろって……。

それから、俺たちはあーでもないこーでもないと言いながら、御影の告白の台詞を遅くまで考えた。

違和感とも呼べないようなその不自然さのことは、すぐに意識から消えていった。

◆　◆　◆

抹茶ジェラートへの旅は、待ち合わせから始まった。

「あ！　日浦さん、明石くーん！」

前に湊と来たときとは違い、合流場所は京都駅の地下だった。

同じ電車に乗ってきた日浦と一緒に改札を出ると、少し離れたところで、藤宮がこちらに手を振っている。隣には湊の姿もあった。

「うっすー」

「悪い、待たせたか？」

「ううん。私たち、早めに来てお昼食べてたから。ね？」

言って、藤宮は横にいた湊の手を取った。湊もふわりと笑い、コクンと頷く。

だがその後、湊はチラリとこちらを見て、なぜだか少しだけくちびるを尖らせた。

「おはよ……伊緒」

「お、おう。今日は案内、よろしく」

「……うん。了解」

ぎこちない……。それに、なんだかおかしな空気だ。

だが思えば、友達として湊と出かけるのは、これが初めてだ。前回は、あくまで惚れ癖の調査のためだったからな。

なるほど、照れ臭いのはそのせいか……。

もしかすると、湊も同じような気持ちなのかもしれない。

……それにしても。

「……」

俺は一度、湊たちから数歩離れて、三人をまとめて視界に収めた。

当然ながら、全員が私服姿だ。

湊はフィット感の強い水色のニットに、ハイウエストの黒いフレアロングスカートを合わせていた。サイドに鮮やかな花柄のラインが入り、高級感のあるベルトも相まって、華やかさと上品さが見事に共存している。

藤宮はシンプルで涼しげな白いシャツワンピースで、その上に薄いピンクのベストを羽織っている。全体的に淡い色味だが、赤縁メガネとキャメルのカバンがアクセントになって、絶妙なかわいらしさがあった。

日浦は七分丈でゆったりしたサイズの白い柄シャツに、星形のモチーフがついたモスグリーンのキャップ。広い裾口が折り返しになったデニムのショートパンツからは、華奢な生足がすらっと伸びていた。

……とまあ、がっつり観察してしまったが、結論として。

「……ヤバいな、これは」

三大美女の湊、プラスフォーの日浦、そしてその予備軍ともいわれる藤宮。美少女三人の並びは、ひたすらに煌びやかだった。

好みとかタイプとか、そういう俗なものは超越して、凄まじい。

もはや、周囲にキラキラと光の粒が見えるような気さえする。

正直、舐めてた。誰かひとりならともかく、三人に囲まれて歩くのは、けっこうなプレッシャーというか、気後れがあるな……。

ちなみに前回の調査のときと違って、俺も湊もマスクやメガネの変装はなし。

前も大丈夫だったし、すぐに移動するから平気だろうという判断だ。

あと、ＬＩＮＥで藤宮にきっぱり却下された。怖かった。

「日浦さん、私服かわいーい。似合ってるね」

「そーか？　楽な服着てきただけだぞ」

言いながら、日浦はシャツの襟元をクイっと引っ張った。

ほっそりとした首筋と、それに鎖骨が露わになる。

あーあー、また無防備な……。

「あ、ダメダメ日浦さん。明石くんが見てるよ」

「ぶふっ」

「んぁ？　なんだよ、見んなよ明石」

「い、伊緒！　見たの！」

「み、見てなんて……」

ないぞ、と言えば嘘になる。

でも、今のは俺、悪くないだろ……。っていうか、なんで湊がそんなに怒るんだ……。

「そうだ！　写真撮ろ写真。まず一枚、ねっ」

藤宮に促されて、俺たちはキャラクターの絵がかかれた壁の前に移動した。

大学生風の男女のイラストのそばには、『地下鉄に乗るっ』という文言が添えられている。

なんかこれ、ツイッターに流れてきたことあるな。

「明石、屈め。そして負ぶえ」

「いや、なんでだよ」

「お前があたしの上にいることは許さん」

「じゃあ横でいいだろ……。お前こそ頭が高い」

「負ぶえーっ」

シャーっと猫みたいな声を上げながら、日浦は俺の背中にしがみついてきた。身長差があるせいで、爪先立ちになってちょこちょこしている。

仕方なく、俺は日浦を背中に乗せるように前屈みになった。

頭の上に、日浦の顎がコツンと当たる。

やれやれだ。子どもか。

「よーし、早く撮れ藤宮」

「えっ？　えっと……」

「ち、ちょっと！　なにしてるのよ、伊緒っ！」

と、またしても湊が、顔を赤くして鋭く怒鳴った。

いつもは綺麗な形のくちびるが、への字に曲がっている。

「なにって、乗ってる」

代わりに日浦が答える。俺は重みがじわじわきているので、無心に耐えていた。

日浦は軽いとはいえ、俺は貧弱なのだ。頭脳派だからな。うん。

「の、乗ってる、じゃないでしょ！　人前でそんな！　ふ、不埒よ！」

答えたのも首謀者も日浦なのに、湊の怒りの矛先はずっと俺だった。

切長の目がさらに細まり、キッと睨んでくる。迫力がすごい。ひえっ。

いや、でも不埒て。武士か。

が、そこで大事なことに気がついた。

そういえば湊や藤宮は、まだ日浦に耐性がないのか。

「あー……まあ、あんまり気にするな。いつものことだから。うぐっ……重い」

「おい明石。失礼だぞ、ダブルで」

「い、いつも……っ」

湊は少なからず、カルチャーショックを受けているようだった。藤宮も目を丸くしている。

「日浦、距離感とかいろいろ、おかしいんだ。まあ、慣れた相手には、だけど」

「いろいろってなんだ。ん？」

日浦はのしかかったまま、俺のほっぺたを両手でぐいぐい引っ張った。

赤くなるからやめろ。痛いんだよ。

あと、距離感がおかしいってのには文句ないのね。

「それで、明石くんもそんなウェルカムな感じなの？」

「ん？　ひや、ふぇるはうっへわへじゃないぞ」

途中で日浦に頬を解放されながら、俺は答えた。

ついでに、日浦の頭をペシっとしておく。

「ただ、いちいち抵抗しててもキリないからな。だいぶ前に諦めた」

「ふ、ふぅん。仲いいんだね……？」

「まあ仲はいいけど、これに関しては単純に、日浦が変なだけだな」

でも今思えば、日浦って玲児相手にはこういうのしないな。

意外と相手を選んでるのか。いや、だとしたら俺、舐められてるのでは。

「おーい、早く撮れよ。そろそろ限界だぞ、明石が」

「俺が限界です」

「あっ、そうだね。じゃあ寄って寄って」

その後、俺たちは藤宮のやたら高い自撮りスキルで、何枚か写真を撮った。

ＬＩＮＥグループに貼られた画像たちは、三人娘の素材のよさと加工も相まって、とにかく華やかだった。俺以外。

あと、一枚だけ湊が俺を睨んでいるように見えて、ちょっと怖かった。

『地下鉄に乗るっ』ということで、俺たちは地下鉄で烏丸御池駅を目指した。

途中、四条駅での乗降数に面食らったり、フラついた湊を受け止めたり、ななやに行ったときの写真を藤宮に見せてもらったりしつつ、俺たちはたった六分で目的の駅に辿り着いた。

電車の時間だけ考えれば、俺の最寄り駅から十六分とは……やっぱり近いな、京都。

「……懐かしいわね」

階段を上って外に出るなり、湊がぽつりとそうこぼした。

儚い横顔の中に、どこかほっとしたような、興奮したような色が見える。それがなんともいえず綺麗で、思わず引き込まれそうになってしまう。

こいつ、ホントに美人だな……。それに、こういう表情がよく似合う。

「中学はこの辺だったのか？」

「いいえ、もう少し離れたところ。だけど放課後や休みの日は、詩帆とよく来てたわ」

「このあたりはなんでもあるからねぇ」

俺たちは藤宮の先導で、広い御池通りを東に進んだ。ななやまでは少し歩くらしい。

烏丸御池周辺は街全体が黒を基調にして、シックなデザインで統一されているようだった。

歩道にはタイルが敷かれ、何車線もある広い車道が縦横にまっすぐ伸びている。

立ち並ぶビルもみんな背が低く、視界にはしっかり空の青が広がる。等間隔に植えられた街路樹も手伝って、栄えているのに開放感があり、ゴミゴミしていない。

「京都の街は風情があって好きなんだよねぇ。市の政策で、派手な看板とかもないし」

「そうなのか。けど言われてみれば、京都駅近くのマクドナルドとか、たしかに黒かったな」

ところで、日浦はこの景観にも興味がないようで、俺と藤宮の後ろで、湊からななやのおすすめフレーバーの話を聞いていた。

湊も案外張り切っているらしく、スマホでサイトを表示しながら、熱心に話している。

「やっぱり7ってのがうまいのか？　これだけ高いな」

「おいしいかどうかは好みだけど、抹茶の味が濃いわ。そのぶん、あんまり甘くないわよ」

「ん――、そうか。甘いのは？」

「4くらいまでは甘いわね。一応レギュラーは3だから、初めてならそれにすれば？」

「おっけー、3な。……ん、抹茶以外もあるのか」

日浦が湊のスマホを覗き込み、悩ましそうに口をすぼめた。

けっこうな身長差があるせいで、並んでると姉妹みたいに見える。

ちなみに、日浦はかなりの甘党だ。アイスだけじゃなく、ケーキやチョコにも目がない。

「ほかのだと、私はほうじ茶味が好きね。いちごとかミルクもおいしいけど、ななやはお茶が有名なお店だから、せっかくならお茶系がいいんじゃないかしら」

「たしかにな――。よし、柚月の意見を採用とする」

「なんで偉そうなのよ」

「苦しゅうない」

「苦しいのはこっちなんだけど」

うんうん、いいボケとツッコミだ。

打ち解けたみたいだし、日浦の保護者としては嬉しい限りだな。

「ふふっ。湊、楽しそうでよかった」

　前に向き直った藤宮が、ほっこりしたような顔で言った。

「あの子、あんまり人付き合い得意じゃないから、心配だったけど」

「日浦も同じだよ。好き嫌い激しいから、あいつ。こんなふうにお前たちを誘ったのも、正直意外だった」

　誰にでも自然体で、誰にでも雑。そのせいで敵も多い日浦と、藤宮しか親友のいない湊。

　ふたりの相性やいかに、と思ったが、どうやら湊のクールさが、自由で荒い日浦をちょうどよく受け流しているらしい。

　まあ、どっちも相手に物怖じするタイプじゃないからな。

　実はいい組み合わせなのかもしれない。

「お互い大変ですね、友達が問題児で」

「大変だなぁ、いや、マジで」

「マジでねぇ」

　俺たちはしみじみと、一緒になって頷き合った。

　しかし、日浦のことをもう『問題児』なんて言えるあたり、藤宮もやっぱり度胸あるな。

　さすが、生活指導の教師に黙秘を貫いただけのことはある。

「でもおもしろいね、日浦さん。私、ちょっと怖い人なのかと思ってた」

「まあ、間違ってないよ。クラスでも恐れられてるからな」

たぶん、ある程度コントロールできるのは俺と玲児くらいだろうし。

「けど、いいやつだよ。なんだかんだ、俺もかなり頼りにしちゃってるしな。今回の湊の一件も、あいつがいなきゃどうなってたことか」

「……ふーん」

そこで、藤宮はなにやら意味深な笑みを浮かべた。

メガネの奥のぱっちりした目が細まり、普段とは違う妙な色っぽさがある。

な、なんだ……いったい。

「明石くんは、日浦さんのことが好きなの？」

不意に、耳元で囁くように手を当てて、藤宮は言った。

「……いや、好きじゃないよ」

「あれ？　……そっか。そうなんだ」

藤宮はどういうわけか、拍子抜けしたみたいにキョトンとしていた。

急に雰囲気変えてなにかと思えば、そんなことか。

「好きだと思ってたのか？」

「うーん、半々かな。だけど、違ってももっと焦ったり、照れたりするかなって。あとは、

『好きだよ、友達として』とか言ったり？」

「あぁ……なるほどな」

まあ、聞かれ慣れてるからな。有希人とか有希人とか、あとは有希人とかに。

「じゃあ、ホントに全然ないんだ、そういうの」

「ないな。友達だよ、完全に」

「完全に、かぁ……。へーぇ」

藤宮は何度か頷いて、今度は難しそうに顎に手を当てていた。

なんなんだ、その反応は。

「……だけど、日浦さんの方は——」

「明石ーっ」

そんな勢いのいい声とともに、俺は突然グイッと後ろに引っ張られた。腕が変な方向に曲がりそうになりながら、なんとかバランスを保つ。

もはや、誰だ？　とすら思わない。

「日浦……そういうのやめなさいって言ったろ。危ないでしょ」

「お前、アイスダブルにするのか？」

「無視かい。そして、たぶんする」

「よーし、じゃああたしの作戦を聞け」

「作戦、ね……はいはい。人の話は聞かないくせに」

やれやれと呆れつつ、俺はななやに辿り着くまで、日浦の話に適当に相槌を打っていた。


「おぉ――――っ」

住宅街の真ん中。とあるマンションの一階に、ななやの看板はあった。

漢数字の『七』をあしらった暖簾をくぐると、ジェラートのカウンターは目の前。ガラス張りの冷凍ケースの中には、十数種類のフレーバーのアイスが、ずらりと並んでいる。

まあ、半分くらいは抹茶味だけれど。

俺ははしゃいだ声を出す日浦の頭をぽかりと叩いて、近くの張り紙を見た。

味と段数、それから金額が書いてある。

「私、黒ごまと5のダブルにしよっと。湊は？」

「7といちごにするわ。玉露も捨てがたいけど」

「あ、いいねぇ。甘いのと苦いののバランスだ」

慣れた様子の経験者ふたりの横で、俺と日浦は同時にうぅんと唸った。

ある程度考えてたとはいえ、目の前に来るとまた迷ってしまう。

こういうのって、どれを食べるか、よりも、どれを諦めるか、っていう感覚だよな……。

ところで、さっきから話に出ている数字は、抹茶ジェラートの濃さのレベルを表している。

1から7まで段階があり、数字が大きくなるほど、抹茶の味も濃厚になるんだそうだ。

だから『ななや』、かどうかは知らないが、さすがはお茶の店。こだわりが感じられる。

「……あたし、トリプルにしようかな」

「奇遇だな……俺も今そう思ってた」

「……じゃあ、あたしは3とほうじ茶とミルクにするから、明石はそれ以外な」

「えぇ……俺も3がいいなぁ」

やっぱりレギュラーは買っておきたい。

いや、まあ4でもいいか……。3は甘いのが好きな日浦に譲ってやろう。

あとは……。


「ありがとうございましたぁ」

聞き心地のいい京都弁を背に受けながら、俺たちはジェラートのカップを持って店を出た。

結局、俺は4と和紅茶とチョコのトリプルに決めた。

かなり悩んだが、全体のバランスを見た結果だ。

色鮮やかなジェラートのボールが、四人それぞれのカップの上に並んでいる。

食べるのがもったいないくらい壮観だ。

うずうずしている日浦と、ついでに俺もたしなめて、藤宮がまた写真を撮ってくれる。

さすが自撮り隊長、手際がいい。

次の目的地も決まっているので、俺たちはのんびり歩きつつ、アイスを味わうことにした。

「ウマ――――っ！」

京都の街に、馬が出た。

「日浦、うるさいぞ」

「ウマ――っ」

馬で返事をするな。

ただ実のところ、日浦の気持ちはよくわかった。

「……うまぁ」

抹茶味に限らず、ジェラートはどれも抜群にうまかった。

なにせ、濃い。

しかも決してしつこくなく、香りがいいせいか、しっかり爽やかで後味もよかった。

普通のアイスと違って粘り気が強いので、なかなか溶けないのもありがたい。

たぶん、神が作った食べ物だ。馬の神が。

「やっぱりいいねぇ、ななやのアイスは」

「また来られてよかったわね。滋賀にもできないかしら」

「滋賀にもできろ、ななや。あたしが許可する」

日浦さんの許可が出たぞ。頼む、出店してくれ。できれば、久世高のそばに。

「湊、7ちょうだい。黒ごまあげる」

「いいわよ。はい」

そんな言葉を交わして、ふたりはお互いのジェラートをちょっとずつ分け合っていた。

なんとも微笑ましい、そして見目麗しい光景だ。

いや、今はそれよりも。

「明石」

「おう、任せろ」

トレード。それは人類の叡智、理性の結晶。そしてさっき日浦が言っていた、俺たちの作戦そのものだった。はい、ただの交換です。

俺と日浦は湊たちにならうようにして、相手のカップからアイスをすくい取った。

そう、このために、ふたりで三つとも違う味にしたのだ。

これで六種類食べられる。ナイスコンビネーション。天才か。

「おぉーっ。4、たしかに3よりちょっと苦い！　でもうまい！」

「あ、ホントだな。3の方が甘い。……いや、ほうじ茶うめぇ。一番好きかもしれん……」

満足度がすごい。

日浦と違って特別アイスが好きなわけじゃないが、これはハマりそうだな……。

マジで滋賀にもできてくれないもんか。

「えっ、明石くんと日浦さん、交換してるの……？」

前を歩いていた藤宮が、不意にこちらを振り向いて言った。

なにやら、驚いたように目を丸くしている。

隣の湊に関しては、引きつった顔で口元をピクピクさせていた。

……どうしたんだ、こいつら。

「ん、してるぞ。賢いだろ」

日浦はふふんと鼻を鳴らして、俺のチョコをまた少しすくった。

おい、俺もほうじ茶よこせ、こら。

「……それあれだよね、間接キス。ううん、間接間接キス」

そう言った藤宮の表情は、にこやかなのに、どこか冷たく見える気もした。目が怖い。

そして、湊は俯き、ぼそっと「不埒……」と呟いていた。また武士がいる。

ところで、間接間接キスってなんだ。いや、まあわかるけども。

「あー、そんなの気にしてなかった。気にしてんのか？　明石」

「えっ……や、まあ、最初は気にしてたぞ。ただ、お前があまりにも自然にやるから、途中であほらしくなった」

なにせ、日浦は俺の飲み物や食べてるものをねだるときも、間接キスに全く配慮しない。

こっちだけ赤面するのも癪だし、回数も多いので、いつしか恥じらいもなくなったのだ。たぶん、そんな感じだと思う。

「ってか、お前らもしてたじゃん。間接間接キス」

「私たちはいいのよ。女同士だから」

「お、ダブルスタンダードか？　いいのか、学年四位がそれで」

「なんでも平等にすればいいってものじゃないわ。あなたこそ、品がないんじゃない？」

おお……湊がバトっている。しかも日浦と。

まああいつ、山吹に絡まれても言い返してたし、ビンタもしたしな。

普段クールでおとなしくても、気は強いんだろう。

「はぁ……。ふたりとも、仲よしなのはいいけど、ちょっとは自覚した方がいいよ？」

「自覚って、なにを？」

「不埒を、よ」

日浦の言葉に、すかさず湊がセリフを重ねた。好きだな、不埒。

「まあまあ、もういいだろ。アイス食おうぜ。さすがに溶けるし」

「明石くん」

「ひえっ……すみません」

名前を呼ばれただけなのに、藤宮の迫力のせいで思わず謝ってしまった……。

京都組のふたりは、どうやら間接キス、そして、間接間接キスには厳しいらしい。

ひとまず、こいつらの前では控えるか。……怒られたら怖いし。


その後、俺たちは三条河原町のデカい交差点を南下し、屋根のある歩道を進んだ。

最初の烏丸御池とは違い、このあたりはザ・ショッピング街という感じで、かなり混み合っている。注意しないと、歩行者にぶつかりそうだ。

先を行く藤宮と日浦の背中を見ながら、俺は湊と並んで歩いた。

「人、多いな……。いつもこんな感じなのか？」

「休日はね。それにここ、たぶん京都でも一番混んでるから」

「なるほど……。滋賀が恋しくなってきた」

滋賀県に人が集まるのなんて、夏の花火大会くらいだからな。

「……きゃっ！」

そのとき、向かいから歩いてきたＯＬ風の女性にぶつかり、湊がバランスを崩した。

俺は咄嗟に湊の手を掴み、引っ張って道の端に避けた。そのまま、ふたりして車道沿いの柵に寄りかかる。

女性はこっちを振り返りもせず、さっさと人混みに消えていった。

「危ないな……。おい、大丈夫か？」

「う、うん……ありがと。ごめん」

「いや。今のは向こうが悪い。見た感じ、歩きスマホしてたしな」

これだから都会は。まあ滋賀にもいるけど、向こうは人が少ないぶんまだマシだ。

「あ、伊織……その、手」

「ん？　あ、ああっ……すまん」

消え入りそうな湊の声で、俺は自分が、まだ湊の手を握ってしまっていたことに気がついた。

慌てて手を引っ込め、なんとなくポケットに突っ込む。

ソワソワして、自然と目が泳いだ。

「……」

湊はふいっと顔をそらし、いつもは透き通るように白い頬を、桃みたいにピンクに染めていた。横目でチラチラとこっちを見て、なにも言わない。

その反応のせいもあってか、俺まで妙に恥ずかしくなってしまう。

今までも、何度か手には触れてきたのにな……。

「おーい、湊、明石くんっ。大丈夫ー？」

前方から、そんな声が飛んでくる。

見ると、藤宮と日浦が人の波の向こうで、ぴょんぴょんしながら手を振っていた。

「……行くか」

「え、ええ……そうね」

俺たちは一度だけ頷き合ってから、藤宮たちを追いかけた。

今度は横並びじゃなく、俺が少しだけ前に立つ。

湊が、また人にぶつからないように。

そしてたぶん、お互いの赤い顔を、見てしまわないように。

「……あ、来た来た。どうしたの？」

「い、いいえ……なんでもないわ。平気」

「そう？　ならいいけど」

藤宮たちに追いつくと、そこはもう目的の店、LOFTの入ったビルの前だった。ちなみに、一階から三階まではユニクロになっている。

黄色い看板を一瞥しつつ、四人でまとまって店内へ。

LOFTは、主に生活雑貨を扱うチェーンストアだ。関東や都市部に店舗が多いとはいえ、しっかり全国展開もしている人気店。

……と、ネットに書いてあった。なにせ、初めて来たからな。なんで滋賀にはないのに、奈良にはあるんだよ。滋賀の方が格上だろ、微妙に。……いや、諸説あるか。

「明石くん、なにがほしいとかあるの？」

と、くるりとこちらを向いた藤宮が言った。

そう、ありがたいことに、ここに来たのは湊と藤宮に、プレゼントをもらうためだった。

湊の件のお礼、ということだが、やっぱりまだ申し訳ない。しかも……。

「いや……実は、あんまりなにも思いついてない」

一応、バイトしてる身だからな。必要なものは、大抵自分で揃えてしまっている。

さらに申し訳ない……。

「いいわ。ゆっくり見て回りましょう」

「そうだねぇ。私も文房具とか見たいし」

というふたりの優しいご意見に、今回は甘えることにしよう。

まあさっきから、日浦はずっと退屈そうだけども。おとなしくしてて偉いぞ。

「それじゃあ、手分けして探そっか。効率重視で！　私は日浦さんと、湊は明石くんとね」

「え」

「えっ」

「んぁ？」

藤宮の提案に、俺たちは三人揃ってポカンとしてしまった。

だが藤宮は、そんなことはお構いなしといわんばかりに、サッと日浦の手を取る。

それから、半ば無理やりエスカレーターまで引っ張り、こっちに向かって敬礼をした。

「それでは、健闘を祈りますっ」

眩しい笑顔でポーズを決めたまま、藤宮がゆっくり上階へ消えていく。

俺たちは未だに呆気に取られて、その姿をしばらく見送っていた。

「……ふぅ」

相変わらず、ほんわかしてるのに強引な美少女だ。

でもまあ、たしかに全員俺に付き合ってもらうのも悪いしな。

「……行くか、のんびり」

「え、ええ……。そうね」


結局、俺は湊とふたりで、店の棚を順番に見ていった。

オフィス用品やインテリア雑貨、謎のおもしろグッズなど。

さっきはああ言ったのに、こうしているとなにかとほしくなってしまうから不思議だ。

バイト代に余裕があれば、散財してたかもしれないな。

「お、サメ」

ふとその商品の存在に気づき、俺は思わず駆け寄ってしまった。

ピンクのサメの形をしたスリッパ。ちょうど、口に足を突っ込むようなデザインだ。

これは……。

「……ほしいの？」

「いや、俺じゃない。梨玖が……」

そう言いかけて、俺はあることに思い至った。そういえば、梨玖の話は湊にはしていない。

「梨玖……？」

なぜか、睨まれた。いや、マジでなんでだよ。

「妹だよ。サメが好きなんだ」

特にこのスリッパは、前にあいつがほしいって言ってたやつに似てる。

けど、同じかどうかはわからないな……。

「あ、そう……妹。え、伊緒、妹いるの？　しかも、サメ好き？」

「今中三だ。反抗期で、兄は悲しい」

まあ、気が強いのは昔からだけど。

「へぇ……そうなんだ。伊緒がお兄ちゃん……なんか意外ね」

「なにを言うか。兄歴十五年、ベテランだぞ」

「だって、あんまり兄感ないんだもの。十五年なのに」

「真の兄は兄感すら消せるからな。凄腕殺し屋の殺気と一緒で。……兄感ってなんだ？」

「それを言うなら、なによ、真の兄って」

たしかに。

……さて、買って帰ってやるかどうか、悩みどころだな。

もしほしがってたのと違ったら、残念がるだろうし。

「……写真でも送ってみるか」

どうやら撮影オッケーらしいので、俺は梨玖にＬＩＮＥしておくことにした。

興味があるなら、返信してくるだろう。

それから、俺たちはまた雑多な物色に戻った。

よく考えれば、妹より自分のほしいものを探すのが先だ。

「……なにかしら、これ」

ふと、小さな声が聞こえて、俺は隣にいる湊を見た。

湊は変わった形のガラスの置物を手に持っていた。ひっくり返すと、ガラスの中で色のついた羽根が舞う。

なにに使うものなのか、いまいちわからなかった。

「……ああ、そうだ。湊」

俺が声をかけると、置物を棚に戻した湊の肩が、ピクッと跳ねた。

「……なに？」

「例の噂、もう聞かないか？」

ちょっと、気が引ける話題。だが、確かめておくべきだろうと思った。

湊の中学での恋愛を悪し様に言ったあの噂は、短期間でもかなり広まったはずだ。

ああいうかたちで対策を打って、日も経ったとはいえ、それであっさり解決、なんて思えるほど、きっと噂というものは甘くない。

「一応今のところ、俺の耳には入ってこないけど……どうだ？」

「……うん、大丈夫。登校再開してからは、一度も」

「そうか……。ならよかった」

もう、あんなに弱る湊を見るのは御免だ。これ以上手もないし、頼むぞ、久世高生。

「だけど、噂を完全に消すことも、それを確認することも、できないわよ。だから、ある程度は割り切ってるわ」

「それはまぁ、たしかにな……。周りの様子は？」

「みんな、近寄りがたそうにしてる。平和だし、かえって気が楽よ」

「……そっか。強いな、お前は」

「っ……違う。怖くないのは……伊緒のおかげよ」

湊の声は、かすかに震えていた。

俺のおかげ、か。まあ、普通に学校通えてるなら、なによりだ。

「……ねえ、伊緒。余計なお世話……かも、しれないけど」

「ん？」

「……私も、力になれることがあったら、言ってね」

「えっ……」

いつの間にか、湊がまっすぐ、こちらを見つめていた。

瞳がゆらゆらと揺れて、今にも泣き出してしまいそうだった。

「味方だ、って、言ってくれたでしょ？　……だったら、私もあなたの味方。でなきゃ、おかしいもの」

「……湊」

なぜだか、俺はあのときのことを思い出していた。

湊の部屋に、押しかけた日。湊から、過去の出来事を聞いた日。

湊に、あいつのことを話した日。

そうか。あのときは必死で、湊の事情にばっかり気を取られてたけど。

こいつはもう……彩羽のことを知ってるんだな。

「……おっけー。わかったよ」

そう返しても、湊は表情を変えなかった。

けれどしばらくすると、フッと力が抜けたようになって、弱々しく首を振った。

「ごめん、伊織。……突然、変なこと言ったわ」

「……いや」

そこで、俺たちはふたりとも、商品棚にゆっくり向き直った。

当然、おかしな空気だった。だけど、なぜだか思いのほか、いやな気分じゃない。

「……」

力になれること。湊はそう言った。

なら、力になれることってなんだろう。

なにをどうするために、俺には助けが必要なんだろう。

湊は、どう思っているんだろう。

わからない。それに、湊に聞こうとも、まだ思えない。

——ただ。

「ありがとな、湊」

「……うん」

ただ、きっと俺は、この女の子のことを、すっかり信用してしまっているのだろう。

「『なんでもする』が、まだ生きてるもんな」

「……バカ」

◆　◆　◆

買い物を終えて家に着いた頃には、もう夜の八時を過ぎていた。

「ただいま」

そう声をかけても、リビングには誰もおらず、返事もなかった。

洗面所が閉まっていたので、たぶん梨玖は風呂中だろう。親父も、時間的にまだ仕事だ。

俺はソファに座って、湊たちにもらったものをテーブルに出し、箱を開けた。

鈍くて深い青が目を引く、背の高いステンレスタンブラー。しかも炭酸対応タイプ。

サラサラとした手触りと落ち着いたデザインで、高級感がある。こうしてあらためて眺めても、思わずニヤッとしてしまった。

『保温してくれるし、水滴もつかないから、便利よ』

そんな湊のすすめで、プレゼントはこれに決めた。

いつも使っているグラスは結露が面倒で、中身もわりとすぐぬるくなる。それが解決するとなれば、今日からヘビーユーズ間違いなしだ。

俺はさっそくタンブラーをゆすいで、冷蔵庫にあるコーラを入れてみた。

「おぉっ……」

まだ注いだだけなのに、なぜかテンションが上がる。すでに最高だ。

むしろ、なんで今まで買ってなかったんだ。バカか俺は。

荷物とタンブラーを持ち、俺は上機嫌で二階の自室へ向かった。

「……あっ」

ドアを開ける直前、俺はずっと腕に提げていた袋の存在を思い出した。中身はなにを隠そう、例のサメのスリッパだ。

俺はその袋を、梨玖の部屋のドアノブにひっかけておいた。

「……ふぅ」

ベッドに仰向けになると、半日歩き回った疲れで、身体が重かった。

今日は天使の相談もないし、風呂が済んだらさっさと寝てしまおう。

そう思って目を閉じていると、部屋の外からトントンと、階段を上る音が聞こえてきた。

「ぎゃぁ――――っ‼」

悲鳴だ。それも、妹の。

「かわいい――――っ‼」

また叫び声。こら、近所迷惑だろ。

それからはしばらくのあいだ、無音が続いた。そしてドアが少しだけ開いて、頭にタオルを巻いた梨玖が、ひょこっと顔を覗かせた。

眉根をギュッと寄せて、こっちを睨んでいる。

「よっ。ただいま」

「お……おかえり」

「……」

「……スリッパ、ありがと」

「はい、よく言えました」

「うぐぐ……伊緒のくせにっ……」

なんとも悔しそうにくちびるを噛んで、梨玖は顔を引っ込めた。

うーん、やっぱりまだ反抗期か。

「……お兄ちゃん？」

「ん？」

閉じたドアの向こうから、くぐもった声がした。

お兄ちゃんって呼ぶの、珍しいな、なんて、どうでもいいことを思った。

「……どう？　最近」

「最近？」

「うん。最近」

「……まあ、悪くないよ」

「へぇ……。そっか、ふぅん」

それっきり、梨玖はもうなにも言わなかった。

遠ざかる足音のあとで、隣の部屋からまた「かわいい――――!!」という声がした。

「湊は、どう思う？」

向かいの席でコーヒーにミルクを入れながら、詩帆がいやに真剣な顔で言った。

詩帆の家の最寄り駅にある、デリカフェのイートイン。

放課後に寄って、ふたりでちょっとお喋りするのに、ちょうどいい場所。

「どうって、なにを？」

そう聞き返してから、ドリンクとセットのスフレケーキを、ひと口食べた。

詩帆のストローが動くのに合わせて、グラスの中で白い模様が渦を巻く。

彼女は、コーヒーにシロップは入れない派だ。

「日浦さんについて」

「んぐっ……！」

危うくケーキを詰まらせそうになって、慌てて口に手を当てた。

まだ熱いミルクティーを、注意しながら飲む。

「……あなた、わざと私が驚く言い方してるでしょ」

前回も、そうだった。きっとこの子は、私の反応を楽しんでいるんだ。

「あれ？　驚くような話題だった？」

「詩帆、怒るわよ」

「うひゃ。えへへ、ごめんごめん」

本当に、悪いと思ってるんだろうか……。

私は詩帆に聞かせるように、わざと大きくため息をついた。

「でも、マジメに、ね。日浦さん、明石くんと仲よすぎるし」

「……」

「ボディタッチも多かったし、間接キスも慣れてたし」

「……」

日浦亜貴さん。

前に体育のあとで私を助けてくれた、ちょっと変わった、だけどかわいい女の子。

それから、伊緒と同じクラスで、友達。

「……べつに、仲よくてもいいじゃない。どう思うもなにもないわ」

「もうっ。湊は強がりなんだから」

「つ、強がってなんかないっ。……だって」

だって、そうだもの。

私に、伊緒の交友関係をどうこう言う資格はない。

それに、今回の京都での買い物で、よくわかった。

私は、彼のことをまだ、全然知らない。

妹さんがいたことも、友達とどんな感じなのかも、知らなかった。

これまで、助けてもらってばかりだったから。

秘密を教えてもらって、昔話をしてもらって、勝手にわかったような気になってただけだ。

「……そもそも、私言ったわよね。『わからない』って」

「それはそうだけど、わかってからじゃ手遅れになってるかもしれないでしょ？　何事も、早めの対策が大事なんだから」

「テスト勉強、いつもあんまりしないくせに」

「わー。スフレケーキ、おいしいね」

都合が悪くなったら逃げる。そのくせ、私は逃してくれない。相変わらずたくましい子だ。

「じゃあ気にならないの？　日浦さんのこと」

「……ならない」

「ふーん。そうなんだ」

本当は、なる。すごく。

というより、そんなつもりがなくたって、勝手に考えてしまう。

だけど無意識だから、嘘はついてない。決して。

「せっかく、明石くんに直接聞いてみたのに。日浦さんのこと好きなの？　って」

「えっ……」

思わず、ドキリとしてしまった。

伊緒が、なんて答えたのか。もちろん、それだって気にはなる。

だけど私には、彼がその質問をされて、どう思ったのか。なにを思い出したのか。

そっちの方が、心配になってしまっていた。

詩帆は知らないから、そんなふうには思わなくて当然、なのだけれど。

「……伊緒は、なんて？」

「んふふー。知りたい？」

「詩帆」

「ん……湊？」

私の反応が、思っていたのとは違ったのだろう。詩帆は途端に真顔になって、ぱちくりと何度か瞬きをした。

それから、私の目をじっと見つめて、ふわりと優しく笑った。

勘違いはしたままでも、真剣さは受け取ってくれたのだと思う。

「なんとも思ってないんだって。完全に友達だ、って言ってたよ」

「……そう。どんな感じだった？」

「え……うーん、普通？　ホントに、なんにもなさそうだったよ。驚いてもなかったし、恥ずかしそうでもなかった。意外だよね」

その詩帆の言葉に、私は自分がひどくホッとしていることに気がついた。

でもよく考えれば、「誰々さんのこと好きなの？」なんて、よくある質問だ。

あんまり、心配するようなことでもないのかもしれない。

「ただ、日浦さんがどう思ってるかは、わかんないんだよねぇ。聞きそびれちゃったし」

「もう……。気持ちは嬉しいけど、余計なことしないで。お願いね、詩帆」

「えぇ～……。はいはい、わかりましたよ」

不服そうに頬を膨らませて、詩帆が言う。

もともとお節介だけど、最近は特にひどい。

けれど、自分の興味を優先する子じゃない。詩帆のそういうところが、私は好きなのだ。

「……あ、御影さんだ」

不意に、詩帆がお店の入り口の方に目を向けた。

その名前に見過ごせないものがあった私は、釣られるようにそちらを見る。

「御影さん、家この近くみたい。たまに見かけるの。学校帰りかな」

カウンターのそばで少しだけ屈んで、制服姿の御影さんは並んだパンを真剣そうに眺めていた。身体が揺れるのと一緒に、束ねられた長い髪が踊る。

滋賀県の、駅のカフェ。そんなところにいても、まるでおとぎ話の中みたいに綺麗だ。

「かわいいねー、さすが三大美女。まあ、湊の方が上だけど」

「やめて……。それに、なんで詩帆が偉そうなのよ」

「そりゃ、親友ですから」

親友だから、なんだというんだろう。

「……」

ぼんやりと、御影さんの横顔を見つめてしまう。

結局、彼女は天使に会えたんだろうか。どうして、会いたがっていたんだろうか。

気が引けて、伊緒には聞けなかった。だけどあのときのことを思い出すと、やっぱり気になってしまう。

切実そうだった。

御影さんのその様子が、いつかの……伊緒に、天使なんじゃないかって問い詰めたときの、自分と重なった。

それが、私が彼女の手紙を、伊緒に渡した理由。

あとは、単に彼女が……。

「でも御影さんって、すごいよね」

会計を終えてお店を出ていく御影さんを見送りながら、詩帆が言った。

「……そうね」

「私、ちょっとだけ話したことあるけど、なんか吸い込まれそうだったもん。男の子じゃないのに、ドキッとしちゃった」

詩帆の言っていることは、私にもよくわかった。

どこか浮世離れした雰囲気と、ころころ変わる表情、そして、嘘みたいに整った顔。

そのせいか、御影さんと話していると、なんだか夢を見ているような気分になる。

それに――。

「あっ!!」

そのとき、レジでトレーを受け取ったお客さんが、看板につまずいて体勢を崩した。

ガシャン！　と大きな音がする。コーヒーがこぼれて、カップの破片が床に散らばった。

どうしよう、と思った。

店員さんに任せるべき？

ハンカチ一枚じゃ意味がない？

ティッシュはあったっけ？

けれど、そんな私の逡巡は、すぐに意味のないものになっていた。

「大丈夫ですか？」

いつの間にか、御影さんが店内に戻ってきていた。

オロオロしているそのお客さんに反して、御影さんはハンカチと、それからハンドタオルまで取り出して、すぐに床の破片を集め始めた。

慌てた店員さんが駆けつけてきても、御影さんは床を拭くのをやめない。

白かったタオルはすっかり茶色に染まって、コーヒーが靴にも跳ねていた。

「お客様、お怪我はありませんか！」

「あの！　ありがとうございました……！」

「いいえ。すぐに気づけてよかった」

心配そうな店員さんと、申し訳なさそうなお客さん。

ふたりにそれだけ言って、御影さんはまたお店を出ていった。

最後まで、後悔した様子も、見返りを求める素振りもなかった。

「……すごいね、やっぱり」

「ええ……すごい」

助けられる人間のなかで、きっと御影さんが一番、遠かった。

なのに、迷いがなかった。

さすがに、自分が少し恥ずかしくなってしまう。

「人気だもんね、御影さん。男の子にも、女の子にも。だけどあんなの見ちゃうと、わかるなあ。カッコいいもん」

「そうね。いい人……なんでしょうね」

「うん。でも、好きな人いるんだって。告白されても、そう言って断ってるみたい」

「……そう」

また、手紙の事を思い出した。

御影さんの、好きな人。

その人と結ばれるために、彼女は天使を探していたのだろうか。

もし、そうなら。

心の中で、私は手を合わせる。

そうだったなら、頑張ってあげてね、伊緒。

――第三章――　御影冴華は掴めない

あれから、また数日が経った。

志田は部活の強化期間らしく、通話はもちろん、文字での相談も一時保留になっていた。

御影冴華との通話は、一度だけあった。

ただ、そのときの御影はどこか上の空で、俺の話もあまり耳に入っていない様子だった。

響希が下宿を始めるという日まで、もう十日ほどしかない。なのに、まだ御影は告白の決意を固めていない。

はっきりいって、俺は焦っていた。それに、御影がちっとも焦っていないことに対して、困惑もしていたと思う。

次は、多少せっついてみよう。

このままで、告白できるのか？　お前はそれでいいのか？

そんなふうに、発破をかけてみよう。

まあ御影には、あんまり効かなさそうだけれど。

『こんばんは、天使』

この日も、御影の第一声はひどく落ち着いていた。

今日は事前に、『報告したいことがある』というメッセージが送られてきていた。

なんとなく、いやな予感がしないでもない。

今、報告されるようなことなんてあるか……？

「で、どうしたんだ？」

言って、俺は今日のお供のサイダーに口をつけた。

容器はＬＯＦＴで湊たちに買ってもらった、あの青いタンブラー。

使い勝手はやっぱり抜群で、もうすっかりお気に入りになっている。

『うん、実はね』

タンブラーをもてあそんでいた俺の耳に、御影のどこか嬉しそうな声が響く。

──わかっているつもりだった。

人生も恋愛も、予期せぬ事態なんていくらでも起きる。

予定通りにことが進むなんて、さらさら思っちゃいない。

むしろ俺は、それを人一倍、身を持って知っている。

そのはず、だったのだが。

『響希くんと、お付き合いすることになった』

「……は？」

そんな展開はさすがに、全く、予想できてないぞ。

「どういうことだ……？」

『言葉通りの意味だよ。つい昨日、響希くんに告白して、オッケーをもらった』

オッケーをもらった、じゃないんだよなぁ……。

どう考えても、急すぎやしないか。

「……告白できたのか。まだ、踏ん切りがつく感じじゃなかったろ」

『勢いというやつだね。好きな相手がいるのかって、勇気を出して響希くんに聞いてみたら、止まらなくなってしまった。恥ずかしいことにね』

「……なるほど」

それにしてもな……心配して損したっていうか、ううむ……。

いや、まあうまくいったなら、それでいいか……。正直、拍子抜けはしたけどな。

そして志田よ……頑張ろうな、一緒に。

「ともあれ、よかったな。念願叶って」

『うん。本当に、きみのおかげだよ』

「私はなにもしてないさ。冗談でも謙遜でもなく、な」

むしろ俺のせいで、話がややこしくなった気さえする。

ちょっと、難しく考えすぎてたのかもしれないな。

まあ、反省会はあとですればいい。

「なら、これで相談も終わりだな。お疲れ、御影」

『そうだね。ありがとう。お世話になったよ』

最初はどうなることかと思ったが、案外あっけなかったな。

美男美女同士、できれば末長く、幸せにやれよ。

『ところで、お願いがあるんだけれど』

「ん？」

『きみに……つまり、天使に相談していたことを、周りの子に話してしまってもいいかな？』

……なんだ、今さらその頼みは。

それに、なんのためにそんなこと……。

「ダメだ。相談を引き受ける条件として、最初に言ったろ。私のことは、口外禁止だ。友達にも、響希にもな」

『もちろん、わかっているよ。だから、お願いなんだ』

そのお願いの意味がわからないんだよ……。

「……一応聞くが、理由は？」

『自分で言うのもなんだけれど、私は久世高内では、少し顔が知られてしまっているからね。恋人ができたことも、すぐに広まるだろう。隠す気もない。だったら憶測で語られるより、こちらから全部話してしまった方が都合がいい』

御影の説明は淀みなかった。

なんとなく、御影から響希のスペックを聞いたときのことを思い出した。

「言ってることは理解できる。だがそれなら、なにも私のことまで話さなくてもいいだろ。普通に告白して、付き合ったってことにすればいい」

『あとでどこかから相談のことが漏れれば、嘘をついていたことが露呈してしまう。それは避けたいんだよ』

「どこかからって、どこだ。お前が誰にも話さなければ、私以外から漏れることはない」

『柚月さんがいる。彼女はこの件に関して、ある程度察しがついているはずだよ。それに、きみは言っていたろう。協力者に、事情を話す可能性もあると。そもそも、たとえ知っているのが私ときみだけでも、百パーセントはない』

おいおい、ずいぶん必死だな……。

恋愛相談のときでさえ、そこまでじゃなかったろ。

『……いや、気を悪くしないでほしい。きみや柚月さんが、信用できないというわけじゃないんだ。あぁ……ダメだね、今のはよくなかった。すまない』

「……構わないよ。百パーセントはないっていうのは、お前が正しい。注意してたって、盗み聞きでもされたらどうしようもないからな。だが、それを言い出したらキリがないだろ」

俺がそう言っても、御影はもう反論してこなかった。

まさか、御影とこんなふうに言い合うことになるとは。しかも、相談が解決したあとで。

あとからバレるのが、そんなに怖いのか？

それに言い分にも、いまいちしっくりこない。

「第一この条件は、私の正体がバレるリスクを減らす以外に、相談者を守るためのものでもある。天使に相談してたってことが知られれば、せっかくできたカップルの関係がこじれる可能性があるからだ。それは、お前と響希だって例外じゃない」

『……』

「安心しろ、とは言わないが、今まで、誰が天使の相談を受けてたとかって話は、柚月湊の件を除いて一度も広まってない。お前だって、聞いたことないだろ。それなりの守秘性はある」

『……』

まだ、なにも言わない。

相変わらず、考えてることがわかりにくいやつだ。

あらかじめ了承は得ていたとはいえ、できれば突っぱねたくはない。

理屈で納得してくれれば、それが一番なんだが……。

「なら、もし相談のことがバレたら、私が出した条件だったと言えばいい。天使の指示で、仕方なくついた嘘。それで納得しないほど、久世高生も理不尽じゃないだろ。それでどうだ？」

『……わかったよ。この話は、もう忘れてくれ。私がバカだった』

やっとそう答えたと思えば、御影はもう、いつもの悠然とした調子を取り戻していた。

なんだったんだ、いったい……。

いい加減、わけがわからないな、こりゃ。

『それじゃあ、もうひとつだけお願いをするよ。今度は、聞いてくれるだけでいいから』

「……なんだ」

また、妙な言い回しだな……。

『御影冴華が好きで、告白したい。そういう依頼は、できればもう受けないでほしいな』

「……従うつもりはないが、理由は聞いておく」

『こうして、無事に響希くんと結ばれることができたわけだからね。告白されても、私は絶対に断ってしまう。お互いに、そんな悲しい思いはしない方がいい』

「今までだって、お前に好きな相手がいるってことを知ったうえで、連中は告白したんだ。それと同じじゃないのか」

『……そうだね。だけど――』

そこで、御影は不自然に口をつぐんだ。

ふぅ、と息を吐いて、少し時間を置いてから続ける。

『いや、いいんだ。とにかく、私がこう言っていた、ということだけは、覚えていてくれると嬉しいよ』

「……受け入れられない気持ちだって、伝えることに意味がある。だから、やっぱりその頼みも聞けないよ」

言いながら、俺は志田のことを思い起こしていた。

悪いな、志田、御影。でも、俺はそう思うんだよ。

フラれるのは悲しい。

けどそうしないと、もっと悲しいことになるかもしれないんだ。

だから御影。

もし志田や、ほかのやつらに告白されたら、そのときは、思いっきりフってやってくれ。

『おかしなことを言ってすまなかったね。困らせてしまったかな』

「困ったよ……。今までの通話で、一番な」

『ふふっ、だろうね』

なにが、だろうね、だ。まったく……。

『困らせたついでに、質問だけれどね』

まだなにかあるのか……。相談のときは、もっと受け身だったろ。

しかもここに来て、質問か。

「……ホントに、最後だからな」

『うん、わかったよ』

信用ならん……。それに、なんか口調が楽しげじゃないか？

『きみは……もしかして、女なのかな？』

「……えっ？」

意表を突かれて、思わず素の声が出た。

「……正体を探らない、それも条件だったはずだ」

『おっと。じゃあ、答えてくれなくてもいいよ』

御影は、本当にそう思っているような口ぶりだった。

どうやら、完全に興味本位で聞いてきたらしい。

「どうして……女だと思った？」

我慢できずに、つい聞き返してしまった。

どっちかといえば、天使の正体は男だと思われてるはずだ。例の全校放送で、自分のことを『俺』って言ったんだからな。むしろ性別に関しては、もう半分諦めてたくらいだ。

なのに、なんでこいつは……。

俺がパソコンの画面を睨んでいると、御影はまた、不思議なことを口にした。

『きみには、私に気に入られようという雰囲気がない。こんなに会話をしているのに』

……それは、要するに。

「男なら、もっとお前に媚びるはずだ、ってことか？」

『言葉を選ばなければ、ね。経験上、そういうことが多かったから。自惚れの強いやつだ、と思わないでくれたら嬉しいな』

御影の声には、慎重さと控えめな響きが混ざっていた。

「いや……べつに思わないよ。それに言ってることは、その通りなんだろうしな」

なにせ、久世高三大美女でもトップの人気者だ。

当然、他人からの接し方にも影響は出るだろうし、無自覚な方がおかしいとさえいえる。

けどそれなら、響希に対して自信がなかったってのは、やっぱり妙な話だけどな。

『それじゃあ、もしきみが男だとすれば、だけれどね』

「ん……？」

『きみにはきっと、とても好きな人がいるんじゃないかな？　それこそ、私なんかが視界に入らないくらいに、愛している人が』

…………。

「……質問は、さっきのが最後って約束だ」

『おや、そうだったかな』

冗談っぽくそう言って、ふふふと笑う。

終わり際まで、厄介な美少女だったな……。

◆◆◆

翌日の久世高は、半ばお祭り騒ぎだった。

「ねえ聞いた⁉　御影さん、彼氏できたんだって‼」

「前から好きって言ってた人？　うわぁ——ついにかぁ」

「終わった……俺の青春はここまでだ……」

二年の廊下、教室。それだけでなく、昇降口や他学年のフロアまで、御影の話題で持ちきりだ。

朝は静かだったが、どうやら昼までのあいだに一気に広まったらしい。

うちの二年八組も例に漏れず、休み時間はざわざわと騒がしかった。

「うっさいなぁ、ごちゃごちゃと……」

自分の席でパンを齧りながら、日浦が不機嫌そうにぼやく。

今日は普段より校舎内の往来が激しいので、屋上侵入は自粛。おとなしく教室でランチだ。

「御影ちゃんは話題性が違うよなぁ。俺も悲しいよ」

大して悲しくなさそうな玲児が、ニヤニヤしながら言う。

たしかに、湊の悪い噂のときと比べても、遜色ない勢いだ。

しかも今回は、話す側に後ろめたさもないせいか、盛り上がりがやばい。

やっぱり御影ってすごかったんだな……。

けど、それにしても広まるのが早すぎないか？

「玲児。これ、発信源がどこか知ってるか？」

「ん？　ああ、御影ちゃん本人だってさ。俺も気になって、さっき調べた」

「相変わらず早いな、仕事が……」

「いや、今回は俺の手際のよさは関係ない。みんな知ってるよ」

そうなのか。まあたしかに、耳を澄ますとそんな話も聞こえてこなくもない。

しかも、それだけじゃなく。

「相手の人、幼馴染らしいよ！　しかも大学生のイケメンモデル！　御影さんっぽいなぁ」

「結局か……。やっぱり、凡人にチャンスはなかったんだ……」

「ずっと御影さんの片想いだったんだって！　健気でいいよねぇ、あんなにかわいいのに」

出回ってる情報が、かなり詳しい。しかも、正確だ。

あいつ、ホントに自分で全部話したのか……。

隠す気もない、とは言ってたけど、オープンだな。

「柚月ちゃんのあの噂、久世高の天使の放送、それに御影ちゃんの彼氏かぁ。話題に事欠かないなぁ、最近の久世高は」

「ずっとうっさい。いい加減暴れるぞ」

「日浦はいつも暴れてるだろ」

「もっと暴れる」

「やめろ、話題がまた増える」

プラスフォーの日浦、ついに校舎を破壊！　なんてことになったら、洒落にならないぞ。

「にしても、急だなぁ御影ちゃん。なんかきっかけでもあったのかね」

言いながら、玲児はなぜか俺の方を見た。

首の動きに合わせて、銀のピアスと茶髪が小さく揺れる。

チラリと覗いた白い歯が、なんとなく憎らしかった。

「……なんだよ」

「いや、べつに。伊緒はなんか知ってるかなー、と思って」

「俺が知るわけないだろ」

「知るわけないってこともないからなぁ、お前なら」

「玲児」

「おっと、怒るなよ。っていうか、きっかけは相手の男の下宿らしいからな。ふははは」

「お前……カマかけたな」

「さて、なんのことやら」

くそぅ、こいつ……。

しかしこうなると、間違いなく志田の耳にも入ってるだろうな……。

◆　◆　◆

『聞いたよ……』

夜、メッセージを送ると、志田はすぐに通話をかけてきた。

今日も新しい相棒のタンブラーに、中身は微炭酸メロンソーダだ。

『天使の言ってた通りになっちゃったな……。御影さんも、頑張ってたんだ、自分の恋……』

「……そうだな」

『終わった……俺の夢。はぁ〜〜〜……』

精気のない声で言って、志田は今まで一番大きなため息をついた。

さて、なんて励ましたもんかな……。

『御影さん……あぁ……悲しい……でもおめでとう……でも悲しい……』

ダメージ、デカそうだな……。まあ無理もない。

けれど、それでもう告白もしない、なんていうのは、絶対ダメだ。

今はいいと思っても、あとになって苦しむかもしれない。

もちろん、今からじゃ希望のある告白だなんていえない。

でも、ダメなんだ。好きだって伝えなきゃ。

ちゃんと、終わらせなきゃ。

でなきゃ、きっといつか、お前は……。

「……あのな、志田」『あのさ……天使』

思いがけず、志田と声が重なった。

いや、通話でラグがあることを踏まえれば、志田の方が俺よりも、先に言ってたはずだ。

「……なんだ？」

『あ……じゃあお先に。恐縮ですが』

そういうのはいいから、早くしてくれ。こっちは緊張してるんだからな……。

『お前に言うかどうか……悩んでたんだけどさ』

「……」

『実は俺、最初からもう、諦めちゃってたんだよ……御影さんのこと』

不穏なセリフだった。

それはつまり、どういうことなのか。

すぐに問いただしたくなる気持ちを抑えて、俺は深めに息を吸った。

なぜだか、手元の炭酸は飲めなかった。

ただ不思議なことに、志田の雰囲気は、さっきまでよりもどこか軽くなっている気がした。

『天使が相談に呼んでくれる、ずっと前から。それに……呼んでくれたあとも。あれだけ、いろんなやつがフラれてるんだ。努力すればいける！　なんて、俺には思えなくてさ……』

「……」

『御影さんに好きな人がいるのも……わかってたしさ。可能性はゼロじゃなくても、限りなく低い。そう思って、期待もしてなかった』

「……ああ。それで？」

だから、もう告白もやめる。

その言葉だけが、俺には怖い。

だが今は、ただ志田の話を、聞いていることしかできない。

『天使はきっと、俺の告白が成功するように……いや、できるだけ成功率が上がるように、じっくりやってくれようとしてたんだと思う。それはすげぇありがたかったし、感謝してる。でも、俺にはたぶん、ホントに御影さんを射止めてやろうとか……そういう気概はなくて……』

「……志田？」

『だけど、やっぱり俺っ……！』

志田の声には、いつの間にか勢いが戻っていた。

なぜ、そんな言い方になるのか。俺には、さっぱりわからなかった。

『御影さんに、告白したいんだ!』

「……え」

志田……お前は……。

『な、情けないとは思うんだよ、俺も……。オッケーもらう気も、そのために頑張る気もなくて、諦めて、ただ気持ちを伝えたい、なんてさ……』

いや、情けなくないよ。

『でも、きっと違うんだよ……。告白っていうのは、ただ相手と付き合うためだけにするもんじゃなくて……もっと、大事な意味があってさ……』

ああ、そうだよ。

そして俺は今から、偉そうに、お前にそう言おうと思ってたんだよ。

『ちゃんとけじめをつけたいんだ……! もちろん、それだけじゃない。自分のために、御影さんに好きだって言いたい! おお! そうだ! 言いたいぞ! 俺は!』

「……なんだそりゃ」

最後テンションに持っていかれて、あほっぽくなってるぞ。

それまでは、せっかくいいこと言ってたのに。

『だってさ! 俺の御影さんへの気持ちは、恋でもあって、憧れでもあるんだよ! だから、ちゃんと伝えたいだろ！　惚れました！　ってさ！　でなきゃ――』

「志田」

『お……おう？』

「次は、私が言いかけたことを言うぞ」

『ど、どうぞ……』

志田。お前はバカだけど、本当に偉いよ。

「伝えることが、なにより大事だ。当たって砕けろ！　俺が、見ててやる！」

マイクに向かって、俺は恥ずかしげもなく言い放った。

たぶん、というかやっぱり、俺も相当バカだ。

『もし違ってたら、悪いんだけどさ』

お互いのセリフを散々、くさい、ダサい、暑苦しい、と、笑いながらイジり合ったあと。

俺がメロンソーダを飲んでいると、志田が言った。

『お前も思ってたんじゃないか？　俺じゃどう頑張っても、御影さんとは付き合えないって』

……それはまた、答え方に困る質問だな。

「どう頑張っても、ってわけじゃないが……難しいだろうな、とは思ってたよ」

『あはは。だよな』

志田はおかしそうに、ケラケラと笑う。

『そもそもだぞ？　御影さんに好きな人がいるの知ってて、それで俺に声かけるなんて、成功させる気ないだろ。恋愛成就は保証しないって言うし、つまりダメ元かよ、って感じだったわ』

「べ、べつに……そういうつもりじゃ」

『いいんだよ。お前はたぶん、助けにきたんじゃなく、背中を押しにきたんだろうなって、なんとなくわかってたし、頼むって決めたのも俺だからな。それに、感謝してるのはホントだよ』

なるほど……勘づかれてたのか。意外と鋭いんだな、バスケ部副キャプテン。

まあたしかに、「すでに好きな人がいる三大美女への恋、応援するよ」なんて、見方によっちゃフラれにいけって言ってるようなもんか……。

『で……これからどうしような？』

「ん？　なにが」

『いや、なにがって……どうやって御影さんに、告白するかって話だよ』

ああ、それか。鋭いのか鈍いのか、よくわからないやつだな。

「どうやってもなにも、思うようにやればいい。学校で呼び出しでもして」

『そ、そんな、普通な……一大決心なのに……』

「普通でいいんだよ。華々しくやりたいなら止めないが、相手、彼氏いるんだぞ？」

『げぶっ……ふ、古傷が……』

「傷　塞がるの早いな」

お前、もう立ち直ってるんじゃないか、もしかして。

『告ったらすぐ連絡する！』という志田のセリフを聞いてから、すぐに一週間ほどが経った。

この日は、梅雨入りを感じさせる大雨だった。

放課後も土砂降りが続き、俺は教室に居残って、ぼんやり窓の外を眺めていた。

待っているのだ。雨が止むのと、それから、志田からの報告を。

「あー、アイス食いたい。ななやの」

なぜか一緒にいる日浦が、独り言のようにこぼした。

それには反応せず、俺は志田とのチャットルームを確認する。

特に、メッセージは来ていない。

「はぁ……」

なぜ、待っているのか。

それは今日の昼休み、御影と話す志田の姿を、見かけたからだ。

志田の表情と雰囲気からして、告白の取り付けだろう。

放課後に、空き教室に呼び出す。前の通話で、結局そう決まった。

つまり今頃、志田は……。

「頼むぞ……マジで」

「なにを？」

「……うるさいな」

向かいの席から茶々を入れてきた日浦を、ジトっと睨んでやる。

だが日浦はどこ吹く風で、俺から奪った屋上の鍵を回して遊んでいた。

なくすなよ、と注意する気も起きない。

この一週間で、御影に彼氏ができたという話題も、それなりに落ち着きを見せ始めていた。

おそらく相手の名前以外の情報を、御影自身がほとんど話してしまっているからだろう。

スキャンダルってわけでもないし、憶測が飛びにくいのだ。

この調子なら、やっぱり天使に相談してたことなんて、公開しなくてもよかったろうに。

なにをあんなに、必死になってたんだか。

まあ噂される本人は、外野の俺より慎重になるのも当然なのかもしれないが。

「……あ」

そのとき、スマホの画面の中に、新しい文字列が表示された。

チャットだ。送り主は、もちろん志田。内容は……。

『天使ー、困った……』

……困った？　どういう意味だ？

『見てるよ』

『おぉ……リアタイか。ありがてぇ』

こっちもありがたいよ。なにせ、さっきまで気が気じゃなかったからな……。

『実は俺、もう何回か、御影さん呼び出そうとしたんだよ』

何回か……？

今日が初めてじゃなかったのか。それに、どうして何度も……。

俺の疑問を察知してくれたのか、次に志田が送ってきたのは、けっこうな長文だった。

『今日で四回目？　かな。話したいことがあるから、放課後時間もらえないか、って。一回目は、放課後は予定があるって言われてさ。そのときは一旦引いて、また次の日に声かけたんだよ。悪いなぁ、とは思いつつ』

そうだったのか……。

要するに、志田は行動してたが、御影の都合で告白まで行けてないから、俺には連絡が来なかった、ってことだ。

『だけど二回目もダメでさ。また、予定があるって。しつこく言いたくなかったから、その日も諦めたんだよ。でも、次も同じだった。断られた理由も一緒で、さすがに変だと思ったんだ』

それは、変だな。いや、というよりも……。

『だから今日、いつなら話ができるのか、聞いてみた。あと、もしかして迷惑？　とも聞いたよ。悲しいけど、たぶんこれ、遠回しに拒否されてるんだろうし……』

志田のメッセージは、そこで一度終わっていた。

おそらく、志田の考えは正しい。

御影も志田の目的には、さすがに気がついてるはずだ。告白されるのも慣れてるだろうし、察しの悪いやつじゃない。

っていうか、ひとりでそこまでやってたのか。志田のやつ、頑張ってるな……。

『それで、御影はなんて？』

『うん……。ごめんね、って、それだけ。すげぇ言いにくそうにしてて、俺まで申し訳なくなっちゃってさ……』

『なるほど……で、俺に連絡してきたのか』

間違えて『俺』って打ったことも、もう気にならなかった。志田も、指摘してこなかった。

「どういうことだよ、まったく……」

「なにが？」

「……ちょっと静かにしてくれ、日浦」

「やだ。構え。暇」

構ってられんのだ……。

日浦の「ちぇ」というかわいい舌打ちを聞きながら、俺はまた画面の文字に視線を戻す。

『やっぱり告白するの、やめた方がいいのかな……？ あんまり、困らせたくないし……』

『いや、御影は今まで、何度も告白されて、何度もフってる。お前だけ、かはわからないが、告白自体をそこまで頑なに拒否するのは妙だ』

そう。言い方は悪いが、さくっと受けて、さくっとフればいい。そうすれば、こうして何度も断らずに済むんだからな。

なのに、なんであいつは……。

『彼氏ができたから、かな？』

『前と違う要素、ってので考えられるのは、それくらいだな。けど、彼氏ができたら告白されるのもいやがる、っていう気持ちには、正直いまいち頷けない』

そう文字を入力しながら、俺はある言葉を思い出していた。

――御影冴華が好きで、告白したい。そういう依頼は、できればもう受けないでほしいな。

……あれと、なにか関係があるのか？

『天使ぃ……俺、正直心折れそうだ……。声かけるだけでも緊張するし、何回も拒否られてつらいし、罪悪感もあるしでもうボロボロ。しかも、ごめんって言われちゃったし……』

だろうな……。むしろよくやったよ、志田は。

……だが、このまま同じことを続けても、御影が告白を受けるとは考えにくい。

志田もこれ以上言い寄るのは気が進まないだろうし、またつらい思いをすれば、ホントに告白できなくなるかもしれない。

せっかくここまできたのに、そんなことになってたまるか。

『なら、俺が事情を探ってみる』

『えっ……マジ？』

『御影が告白を拒否する理由がわかれば、少なくとも今よりは納得できるだろ。それに事情によっては、告白もできるかもしれない』

『ま、まあ、たしかに。でもいいのか、そんなの……。御影さんにも、お前にも悪いような……』

『俺はいい。こんなのは、よくあることだからな』

むしろ今回の志田の件に関しては、まだ全然苦労してないくらいだ。

『御影がどう思うかは、それこそ調べてみるまでわからない。だが、できることがあるのになにもしないのは、俺はいやだ』

半分は、俺のわがままなのかもしれない。過干渉かもしれない。

だけどこんな終わり方じゃ、志田はきっと後悔する。

やっぱり告白しておけばよかったなって、そう思うときが来る。

そもそもここで引くようじゃ、俺がいる意味がない。

『……わかった。じゃあ、頼むよ。でもほどほどにな。お前、無茶しそうだし』

『大丈夫だ。場合によっちゃ、すぐに済むからな』

ってていうか、なんで俺が無茶すると思うんだよ。

『またなにか進展があったら連絡する。それまでは一旦、御影を呼び出すのは保留だ』

そう締めくくって、志田とのやり取りは終わった。

さて、さっそく手を打つとしよう。なにせ、やることはシンプルだ。

「明石！　暇ーっ！」

「日浦」

「んぁ？」

「頼みがある。いちごオレと、サーティワンも出すぞ」

カッコつけといて他力本願かよ。というツッコミ、禁止。

「……ななやは？」

「ななやはダメだ」

◆　◆　◆

「にしても、相変わらずややこしいことしてんなぁ、伊緒は」

二日後、昼休みの屋上にて。

「しかも、やっぱり一枚嚙んでたか、御影ちゃんの件。秘密にしちゃってまぁ。都合いいときだけ頼られる、こっちの身にもなってほしいもんだよなぁ」

玲児の楽しげな嫌味にひたすら耐えながら、俺は貢ぎ物のいちごオレとコーヒーを、日浦と玲児にそれぞれ差し出した。

結局、俺は日浦だけでなく、玲児にも今回の事情を話した。

志田と、それから御影の、相談のあらまし。協力を仰ぐうえで、避けられなかったからだ。

御影には、ちょっと申し訳ない。

相談の条件に提示してたとはいえ、あいつ自身の問題には直接関係ないからな。

まあ、本人は天使に相談したことも広めたがってたから、セーフってことにしておこう。

「……では日浦の方から、結果報告お願いします」

粛々と促すと、日浦は「まあ待て」と制して、いちごオレのパックにストローを挿した。

日浦に頼んだのは、なにを隠そう、最短ルートの打診だ。

すなわち、『御影本人に聞く』というもの。

どう考えても、それが一番早い。俺が聞くのはなにかとリスキーなので、こういうのに首を突っ込んでも違和感が薄い、日浦に任せたというわけだ。

「でも、どうやって聞いてきたんだ？　日浦って、御影ちゃんと接点あったっけ？」

「そのバスケ部の副キャプと御影が話してるところを、あたしがたまたま見てたってことにした。あれ告白だったんじゃね？　なんでフラずに拒否ったんだ？　って感じで」

「おぉー、さすが日浦。汚いなぁ」

「三輪、お前今日から背中に気をつけろよ」

物騒なことを言って、日浦が顔をしかめた。

こら、煽るな玲児。ホントに刺されるぞ。

「それで、結果は？」

うまくいけば、ここで調査は終わり……なんだが。

「ハズレだ。はぐらかされた」

両手で雨を受けるようなジェスチャーをして、日浦が肩をすくめた。

「はぐらかす？」

「『告白かな？　だけど、彼はなにも言っていなかったよ』だとさ。ありゃとぼけてるな」

妙にうまいモノマネで、日浦は御影の返事を再現した。

たしかにそう言われると、それ以上は追及のしようがないな……。

「あと、『きみは、私に興味があるのかな？　プラスフォーの日浦亜貴さん』って。面倒そうだったから、逃げてきた」

「おい、モノマネやめろ。似てるんだよ……」

しかし日浦を追い払うとは、やるな御影……。

「ってことで、あたしはそんだけ」

「そうか……ありがとな、日浦」

「崇めろ」

「はいはい。いちごオレお供えしたろ？　で、玲児は？」

こうなったら、第二の矢に期待するしかない。

玲児には、いつもと同じく情報収集を頼んでおいた。

つまりプランB、『周りに聞く』だ。

「苦労したぞー今回は。なにせ御影ちゃん、仲いい子がマジでいないからな」

「そうだったな……。不思議なのか妥当なのか、よくわからないけども」

誰にでも好かれて、誰とも深く関わらない。

志田いわく、『みんなの御影さん』。

ただ、それでも二日でやってくれるのが、玲児の恐ろしいところだ。敵に回したくないな。

でも、漫画とかなら裏切るポジションだよな、こいつ。

「雑多に聞き込みしてみたよ、御影ちゃんについて。あと、御影ちゃんと同中の子を見つけた」

「おお、それはよさげだな」

「いやぁ、そうでもなかった。『御影さん、中学の頃から超有名だったよー。好きって人もたくさんいたしー』」

「おい、お前までモノマネすんな。元ネタがわからん」

そして、普通に気持ち悪い。ってか、なんで一言一句覚えてんだよ。

「『男の子だけじゃなくて、女の子からも大人気だったなぁ。まあ今もだけど。でも高校に上がってからは、なんかちょっと、雰囲気変わったかも？』」

「三輪、あたしが命じる。やめろ」

「あら。日浦様のお叱りが出ちゃったか。まあ、つまりそんな感じだよ。ただその子は、あんまり御影さんと関わりなかったんだってさ。同中もその子だけなんだと」

「……ふむ」

中学と今では、雰囲気が少し違う、か。

今回の件と関係があるかどうかは、よくわからないな。そもそも、具体性もないし。

「ほかの聞き込みは、特に情報なし。ってゆーか、今はみんな御影ちゃんに彼氏ができたって話ばっかりだ。例のイケメンモデルの幼馴染？　どんな人なんだろー、ってな」

「なるほど、そりゃそうか……」

ちなみに、御影は未だに響希の名前は明かしていないらしい。

まあモデルやってるなら特定されかねないし、言わないのが賢明だろうな。

俺も念のため、日浦たちには伏せてある。

「つまり、どっちも手がかりなしか……見事に当てが外れたな」

場合によっちゃ、すぐに済む。志田にはそう言ったが、それは裏を返せば、場合によってはなかなか済まない、ってことだ。

もしかして、甘く見てたのか……。

「けど、御影ちゃんも案外意地悪だなー。さっさとフってやれば、志田さんも成仏できるのに。哀れな男だ」

あぐらをかいていた玲児が、空を見上げながら気の毒そうに言う。

玲児はバスケ部なので、直属の先輩である志田には思うところがあるのだろう。

思えば今回の調査も、いくぶん普段より協力的な気がする。

「単なる意地悪だと思うか？　今までは告白もちゃんと受けて、ちゃんと断ってたのに……」

「いや、違うだろ。何度か話したことあるけど、御影ちゃんって嘘みたいにいい子だからな」

玲児が難しそうに目を細める。

「しかも、嘘じゃないのがわかるのがヤバい。誰にでも愛想いいし、親しげだし、それがわざとらしくない。あれであんなにかわいいんじゃ、そりゃモテるわ。はぁー、おかしいだろ」

玲児は呆れたように、何度も首を横に振った。

こいつは女の子大好き人間だが、決して評価が甘いわけじゃない。

むしろ、細かすぎて引くぐらいよく見てる。その玲児がこんなに褒めるとは、相当だ。

でも、そうすると……。

「そもそも、なんで御影って友達いねーんだ？」

と、いちごオレをずずっと飲み干した日浦が、ちょっとぶりに口を開いた。

そう。俺もまさに今、それが気になった。

「あいつが人気なのはわかる。でも、それなら友達いないのは変だろ」

「だよな……。ほっといても周りに人が集まってくるようなやつなのに……」

俺と日浦は、一緒になって首を傾げた。それから、答えを求めるように玲児を見る。

ピンと人差し指を立てて、玲児はニヤリと笑った。

「それはな」

「それは？」

「俺にもわからん」

「やっぱりな」

完全に、予想通りの流れだった。

「でも普通に考えれば、御影ちゃんがわざとそうしてるんじゃないか？　あえて友達作らない。孤高の一匹狼、的な？」

「だから、なんで？　御影がそんなことする必要ねぇじゃん」

「それがわかれば苦労はしないの」

言って、玲児はクリームパンの最後のひと口を放り込んだ。

結局よくわからないが、まあ、今回の志田の告白拒否には、直接関係ないだろう。

同じ三大美女の湊も友達少ないし、美少女の習性ってことにしとこう。

「ならシンプルに、告白されたくない理由ってなんだと思う？」

「相手に興味ない。フるのがめんどい」

日浦の返答は早かった。

そういえば、日浦が告白されたって話はあんまり聞かないな。プラスフォーなのに。

まあ、意外ってこともないけど。もちろん本人には言えません。

「フる前提なら、かわいそうだよな、相手の子が。まっ、俺ほとんど断ったことないけどさ」

告白され慣れているであろう、玲児が言う。

とにかく付き合ってみて、そのあとで判断。そんなスタイルの玲児らしいセリフだ。

ただ、ふたりの返答は正直、俺の想像の範囲を出なかった。

いくら鋭いこいつらでも、すぐに思いつくのはそんなもんなんだろう。

肝心なのは、前は普通に受けてた告白を、今になって拒み出した、ってことだ。

そして変化には、なにかきっかけがあるはず。

やっぱり……響希か？

「……わかった。ふたりともサンキュー。またなにかあったら、そのときは頼む」

「報酬と態度次第だなぁ、それは」

「ななやは？」

「……最悪、ななやも出すよ」

すごいな、執念が。

「あ、そういやお前ら、柚月ちゃんたちとお出かけしたんだってな！　おい、聞いてないぞ！」

「……来たかったのか？」

「いやべつに。でも、誘われないと寂しいだろ」

そんなことだろうと思ったよ。

◆◆◆

特に収穫もないまま、放課後はさっさとプルーフに向かった。今日は夜までバイトだ。

京阪膳所駅で降りて、ときめき坂を下る。

店に入ると、有希人が青い顔で俺を迎えた。

「おぉ、救世主！　早く入れ。崩壊する……」

「店長が頼りないからか」

「違う。ひとりだからだよ。ホントに頼む」

キッチンでそんな会話をしながら、仕事着に着替える。誰もバイトがいないのは珍しいな。

焦っている有希人に日頃の溜飲を下げつつ、俺は急ぎ足でホールに入った。

注文を取って、配膳をして、空いた席を片付ける。

客はそんなに多くないが、ふたりだと普通に忙しい。

「いらっしゃいませ」

と、今日何度目かのドアの鐘の音に声を返す。

人数を確認しようと目を向けると、そこには……。

「あ、明石くんだ。いらっしゃいました」

「……今日、バイトだったのね」

嬉しそうな藤宮と、いつも通りの湊が、制服姿で並んで立っていた。

また来たのか、こいつら……。

学校じゃないからリスクは低いとはいえ、結局よく会うな……。

「……空いてるテーブル席へどうぞ」

と言いつつ、目線でいつもの席へ誘導する。念のためだ。

ふたりも察したようで、素直に座ってくれる。

「お決まりでしたら」

「ミルクティーとカフェオレ、どっちもアイスでお願いします」

「はいよ。……なにしに来たんだ」

「テストが近いから、勉強。湊に教えてもらおうと思って」

「もしかして、お店忙しかった……？」

「いや。むしろ今日は、席埋めててくれた方が助かる」

売り上げ的にはあれだが、これ以上回転率が上がるとマズいからな。

「明石くん、エプロン似合うねぇ。ね、湊」

「へっ？　あ……ふ、普通ね。……まあ、いいんじゃない」

「あはは。普通だけど、いいんだって」

「そりゃどうも」

雑談はそこで切り上げて、俺は注文を伝えに戻った。

悪いが、今日はあんまり相手してる余裕がない。

それからは、また黙々とホールを回した。今日は最後まで有希人とふたりだ。

湊と藤宮も、その後はおとなしく勉強をしていた。

たまに藤宮が手を振ってきたりするが、頷くだけで返しておく。ほかの客に見られるとあれだからな。俺のせいで店の評判が落ちると、さすがに有希人に悪い。

「ああ、柚月さんたちとお喋りしたい……」

「俺の気遣いを返せ」

「ん、なんだ？」

「なんでもない。黙って働け」

あほ店長め。ただ、ネットの評価はいいんだよなぁ、この店。

……いや、バイトがしっかりしてるからだな。絶対そうだ。


「いやぁ、乗り切ったな、無事に」

閉店後、カウンター席にぐったりと突っ伏して、有希人がため息混じりに言った。

正直、俺も疲れた。休日だったら死んでたな、こりゃ……。

ちなみに、湊と藤宮はまだ店内に残っていた。特例、というか、普通に身内びいきだ。

「ああ伊緒。お前はもういいから、柚月さんたちと遊んでこい」

「え、閉店作業は」

「ひとりでやるよ。せっかく友達が来てくれたんだ。ほっといちゃかわいそうだろ」

「大丈夫だよ……。っていうか、有希人も疲れてるだろ」

「うるさい、俺の店だぞ。はい、二十時で退勤。もう時給つけないからなー」

有希人は勢いよく立ち上がって、のろのろと仕事に戻っていった。

ホントに大丈夫なのかよ……。

だけど勝手に手伝っても、それはそれでうるさそうだ。

「……お疲れ様。もういいの？」

「有希人がひとりでやるんだと」

そう返事をして、俺は湊の隣に腰を下ろした。

数時間ぶりに座ったせいか、疲れがどっと押し寄せる。

両脚がじんじんと、痺れるように痛んだ。

「私も勉強疲れたぁ」

「あんまり集中してなかったくせに」

「えー。湊だってずっと明石くんのエプ」

「し、詩帆っ！　黙って！」

なにやら、女子ふたりが賑やかだ。

っていうかそんなに元気なら、やっぱり疲れてないんじゃないか。

「湊、いつ帰ろっか？」

「え……あぁ、そうね……。も、もうちょっとしたら、にする？」

「はーい。いい？　明石くん」

「いいよー。むしろ最後までいてくれると、寂しくなくて嬉しいから」

と、レジの締め作業をしていた有希人が、代わりに返事をした。

「じゃあ、お言葉に甘えまして」

藤宮の言葉に合わせて、湊が有希人の方にペコリと礼をする。

なんか、馴染んできたな、こいつら。

「あ、そうだ。明石くんも聞いた？　御影さんの彼氏の話」

「……ああ」

まさか、ここでもその話題になるとは……。

チラッと隣を見ると、湊もなんともいえない表情をしていた。

「びっくりだよねぇ。突然……ってこともないのかな？　好きな人いるっていうのは、前から噂になってたけど」

「……」

「あれ？　どうしたの明石くん？　……湊も、変な顔」

これは……さすがに話しておいた方がいいか。きっかけに関わってる以上、湊も気にしてるだろうし。

それに、ちょうど意見も聞きたかったところだしな。

「へ——え。湊のときから思ってたけど、やっぱりすごいね、明石くん」

俺は湊と藤宮に現状を話した。

念のため志田の名前を伏せたの以外は、日浦たちにしたのと同じ内容だ。

湊経由で、御影の依頼を受けたこと、その結末。それにもうひとつの相談と、今俺が直面している謎について。

つくづく、『協力者に事情を話す可能性がある』の条件には感謝だ。決めといてよかった。

もちろん、だからって乱用したりはしないけれど。

「なんか本格的。アドバイザー兼探偵、みたいな」

「そんな大したもんじゃないよ。湊の件と今回が、特別複雑なんだ。連続で三大美女から相談が来るなんてのが、まず異例だしな」

「それだけ久世高生に注目されてる、ってことだよ、きっと」

ホントはそこまで注目されたくないんだけどな。

ひっそり浸透してる都市伝説、くらいがちょうどいい。

なにせ、恋愛相談はこっちから持ちかけるスタイルだし。

まだ感心した声を上げている藤宮を置いて、俺は湊と視線を合わせる。

「よかった……御影さん、うまくいって」

「俺はほとんど役に立たなかったけどな。本人が頑張っただけだ」

これからってときに、突然の幕引きだったからな。

「報告、遅れて悪いな」

「ううん。私に聞く権利があるわけじゃないもの。ホントなら、御影さんも他人に知られたくないでしょうし」

控えめにそう言って、湊は小さく首を傾げてみせた。

実際は、御影は自分から、天使に頼んだことを公開したがってたけどな。

それに、今回は志田の問題がある。こいつらに話したのは、あくまでそっちの協力を仰ぐためだ。大義名分……とはちょっと違うが。

「で、お前たちにも聞きたいんだけど」

言いながら、チラッと有希人の方を見る。閉店作業は、まだ少しだけかかりそうだ。

「なんで御影は、そいつの告白を拒んでるんだと思う？　そこまでじゃなくても、人が告白されたくない理由とか」

「うーん……そうだねぇ」

「お前たちなら、告白されることも多いだろ？　なんか心当たりないか」

「湊はね。でも、私は全然。……まあ、たまに？　ときどき？　ありがたいことです」

なぜか敬語になって、藤宮は神妙に頭を下げた。

この感じだと、やっぱりあるんだろうな。

「そういえば、藤宮は彼氏いるのか」

「え？　ううん。残念ですが、寂しい独り身です。ご縁がなく」

ほお。まあ今までなんの影もなかったし、そりゃそうか。モテるだろうにな。

もしかして、理想が高かったりするんだろうか。

「湊は……告白されるときは、いつも受けてたのか？　答えたくなかったらいいんだけど……」

聞いてもいいものか迷いつつ、湊にも尋ねてみる。

恋愛に関しては、いろいろあっただろうしな……。

だが、俺の心配に反して、湊はなにも気にしていなさそうだった。ちょっと安心。

「そうね。受けて、断ってたわ。その方が相手の人と、自分のためにもなりそうだし」

「……まあ、湊はそうだよな」

「ええ。断るのも申し訳ないし、しんどいけど、告白を拒否するよりはまだ、ね」

湊は慎重に言葉を選んでいる様子だった。

ただ湊の場合は、それこそ告白自体を拒んでた方がよかったのかもしれない。

フラれた相手がアンチになりやすいって、前に玲児が言ってたし。

……いや、そうか。そういう考え方もあるな。

「たとえば、御影がフった相手が、一転してあいつのことを悪く言い出す、みたいな話は聞いたことあるか？」

日浦や玲児の方が詳しそうだな、と思いつつも、聞いてみた。

「ううん。私はないかなぁ」

「……私も」

「御影さんってもともと、好きな人がいるから、って言って断ってたしね。それでフラれて逆恨みは、さすがにないんじゃない？」

「……なるほど、たしかにな」

なら、湊みたいなケースは当てはまらないか。うぅん……。

「ねえ、御影さんに直接言っちゃダメなの？」

湊のそんな質問に、藤宮がすぐに答えた。

「もう日浦さんが聞いてくれたんでしょ？　なんで告白受けないの？　って。でも、はぐらかされたんだよね？」

「ええ。だから聞くんじゃなくて、言うのよ」

「言う？　どういうこと？　なにを言うの？」

「『その人の告白を受けてあげてほしい』って。そもそもの目的は、御影さんの事情を知ることじゃなくて、告白を受けてもらうことなんだから。伊緒が天使として、御影さんにまた連絡を取ればいい。それでうまくいくかはわからないけど、可能性はあるわ」

当然でしょう、という顔で、湊が締めくくった。

さすが、前に俺に突撃してきただけのことはあるな。目的達成に対して、妥協がない。

今思い出しても、怖かったもんなぁ、あのとき。

「あ、そっか。ホントだね」

ハッとしたように頷いて、藤宮が俺を見る。

たしかに、理にはかなってる。俺だって、考えなかったわけじゃない。

だが、その方法にはひとつ、明確な欠点がある。

「いや、俺からは言えない」

「……どうして？」

「考えてもみろ。告白を受けてくれ、って俺が頼めば、そいつの気持ちが先に、御影に伝わることになる。今みたいな疑惑じゃなく、確信を持ってな」

「……」

「それは、絶対ダメだ。恋心は、自分の口で伝えなきゃ。どんな理由があっても、本人以外が相手に漏らしちゃいけない」

恋愛において「誰々がきみのこと好きだよ」っていう告げ口ほど、タチの悪いものはない。

そんなことを、俺がやっていいわけがない。

「……そうね。ごめんなさい」

「いや。アイデアとしては、かなりクリティカルだ。ありがとな、湊」

「えっと……じゃあつまり、御影さんにその人の気持ちを伝えずに、告白を受けてもらう。そのために御影さんの事情を調べて、そこから解決方法を考える……ってこと？」

「そういうことだ」

俺が答えると、藤宮はポカンと口を開けて、目を丸くしていた。

「……大変だね。それに、すごく遠回りしてない？」

「仕方ないだろ。効率さえ考えなければ、今のところこれがベストだ」

「そ、それはそうかもしれないけど……」

「これで問題が解消できれば、あいつは御影に告白できる。ちゃんと、納得のいくかたちで。俺の手間なんかより、そっちの方が何倍も大事だ。だからこそ、俺は天使をやってるんだから」

「……うぅん」

藤宮はまだ煮え切らない様子で、怪訝そうに唸っていた。

理解できないのも当然だ。例によって、わかってほしいとも思ってない。

「まあ、急いでるってわけでもないからな。今の方法がダメでも、そのときは別の手段を考えればいい。やれるだけのことはやるさ」

そこで、俺はふと隣から視線を感じた。

振り向くと、湊は真顔で俺を見て、それからコクンと、ひとつ頷いてくれた。

俺が、なぜここまで告白にこだわるのか。それを、湊は知っている。

「でも、さっそく行き詰まっちゃったんじゃない？　もう手がかりもないし」

「……実は、そうかもしれん」

偉そうなこと言っといて、なんと不甲斐ない。

日浦、玲児、湊、藤宮。これだけ知恵を借りてもダメとなると、なにか発想の転換が必要かもしれないな……。

悔しいけど、ここは。

「有希人」

「んー？」

食器を片付けながら、俺の従兄弟が気怠げな返事をする。

「聞いてたか？　今の話」

「聞いてないけど、聞こえてたよ。いいなぁ、お前は楽しそうで」

うるさいな……こっちは必死なんだよ。

「……どう思う？」

「さあ。俺はその御影さんのこと、なにも知らないし」

「ありがちなパターンとかないか？　お前の個人的な価値観とか、経験でもいい」

「うーん。俺、告白されるの好きだからなぁ。最近はめっきり減っちゃったけど」

感情の読めない声と表情で、有希人が言う。

「まあただ、恋人ができると、人は変わるからね。言動も、恋人がいるっていうのを踏まえたものになる」

「……」

「だけど……そうだな」

意味深にそう前置きして、有希人はどこか遠くを見るように、少しだけ首を上に傾けた。

「もしかすると、御影さん本人が原因じゃないかもしれない」

「……えっ」

原因が、御影じゃない……？

「あ」

湊が、短い声を出した。

視界の端で、有希人がクスッと笑ったような気がした。

「御影さんの恋人が、言ったのかも……」

「それって……彼氏さんが御影さんに、告白されないでね、ってお願いしたってこと？」

「……ああ、そうか。御影の意志だとは限らないのか」

「わ、わからないわよ？　ただ、そういう可能性もあるんじゃないかって……」

いや、あり得る。

あいつの行動が変わったのは、響希と付き合ってから、だ。

御影自身の告白への考え方はそのままでも、響希からなにかしらの影響、もっといえば、指示を受けているってのは充分考えられる。

「あ、わかった。彼氏さんがヤキモチ焼きなんだ」

「ヤキモチ……か」

「うん。御影さんすごくかわいいし、私が彼氏だったら心配だもん。断るだろうなって思っても、告白されちゃったら不安になりそう」

なるほどな……。

響希が御影のことをもともと好きだったとすれば、たしかに辻褄は合う。彼女があれだけ人気者なら、無理もない。

おまけに、御影が日浦の質問をはぐらかしたのにも、なんとなく合点がいくしな。

「もし、それが正しければ……」

「愛されてるんだねぇ、御影さん」

藤宮がのほほんと笑う。

それを聞きながら、俺は自分にできること、そして、これからやるべきことを考えていた。

「湊」

その後は解散の流れになり、俺は店を出たタイミングで、湊にこっそり声をかけた。

大事な頼みがあったからだ。

「……なに？」

「帰ったら、電話してもいいか？」

「……へっ？　……う、うん。いいけど……」

「悪いな、助かるよ。また連絡する」

結局、今回もあれを使うことになりそうだ。

◆◆◆

家に着き、メシと風呂を済ませてから、俺は予定通り湊に電話した。

『も、もしもし……？』

なぜか十秒ほど呼び出し音が鳴ったあとで、湊は通話を繋いで返事をした。

妙な間だ。それに心なしか、カフェで会ったときよりも声がか細い気がする。

「ありがとな、突然なのに」

『う、ううんっ、いいの。それで……どうしたの？』

「ちょっと、頼みたいことがあってさ。お前とふたりきりじゃないと、話せないんだ」

『そっ……そう。……うん、聞く』

ゴクリと、スマホの向こうで息を呑む気配がした。

そんなに構えることでもないんだけどな。

「御影の顔に、触りたい」

『……えっ』

なぜだか、乾いた声がした。

「いや……わかってると思うけど、ちからの話な。お前のときみたいに。学校で俺のちから知ってるの、湊だけだからさ……」

『……はぁ。そう。ふぅん』

な、なんでそんな、急に興味なくしたみたいに……。

『……いいわ。でも、どうして？』

「あ、ああ。さっきプルーフで、御影の彼氏の話になったろ」

湊の雰囲気が怖いのをわざと気にしないようにして、俺は言った。

『ええ。あのヤキモチの……』

「ヤキモチかどうかは、まだわからないけどな。ただ、それで思ったんだよ。御影じゃなく、彼氏の方に直接聞けば、なにかわかるんじゃないかって」

『……まあ、そうね。それなら、御影さんにも知られずに済むかも』

「だろ。ちょっと荒技だけどな」

いや、かなりか。なにせ「あなたの彼女に告白したい人がいるので、許可をください」って、響希に言うことになるかもしれないわけだし。

ただ、今は当てがそこしかないのも事実だ。

『でも……ちからを使わなくても、御影さんの恋人のこと、伊緒は知ってるんじゃないの？』

「いいや。俺が知ってるのは、今学校に出回ってる情報と、下の名前だけだ。相談期間が短かったのと、それ以上聞く必要もなかったからな」

それにいつもは大抵、相談者もそのターゲットも、久世高の人間だ。しかも、俺も事前に調べてから手紙を送る。

ターゲットの顔も知らない、なんてことは、今回みたいな特殊な案件じゃなきゃ起こらない。

『そうだったのね……なんか、不思議』

「だな。でもモデルをやってるのはたしかだ。なら、どっかで顔が出てるはず」

『……そこから絞り込む気？　できるの？』

「さあな。でも、やってみる価値はある。彼氏に会えれば、御影が告白を受けなくなった理由もわかるかもしれない。もちろん、わからないかもしれないけどな」

無茶なのは、百も承知だ。

だがそれでも、志田の告白には代えられない。ダメならダメで、また別の手を探せばいい。

……あ。「無茶しそう」っていう志田のセリフ、結局正しかったのかもな……。

『……わかったわ、手伝う』

「おお……サンキュー、湊」

これで、おそらく間に合うはずだ。

『っていっても、私なにかやることあるの？　いつもは、ひとりで触ってるんでしょ？』

「普通のやつが相手ならな。けど俺が見た限り、御影は行動パターンが読みにくいし、周りに人がいることも多い」

当然、顔に触りやすいやつと、そうじゃないやつがいる。

湊も含め大抵は前者だが、今回は相手が悪いのだ。

「それに、御影の彼氏が下宿を始めるまで、あと三日だ。調査や聞き込みの時間を考えれば、明日にでも顔が見たい。チャンスを待ってる暇がないんだ」

『……そういうことね』

明後日からは週末だ。この最後の土日で、響希の居場所を特定する。たしか、家は御影の近く。それだけの情報でも、写真か、最悪似顔絵があれば見つけられるはずだ。

『……詩帆も言ってたけど、ホントに探偵みたい』

「かもな。まあ事件解決、っていうより、浮気調査系の探偵に近いけど」

『そうね……。正直、あんまり気は乗らないわ。伊緒の言ってることもわかるけど……』

「まあ……俺もいろいろ、御影には申し訳ない気持ちもあるよ。嗅ぎ回ってるわけだしな。死んだら地獄行きかも、天使なのに」

『……おもしろくない』

「べつに、冗談で言ってないって」

わりとマジなんだからな。

『……でも、御影さんの恋人って、どんな人なのかしらね』

不意にそう言った湊の声は、ほんの少しだけ弾んでいるように聞こえた。

『あの人が、そこまで好きになるなんて……。長いこと片想いだったんでしょう？』

「御影によれば、な。実際はわからん。俺は、ずっと両想いだったんじゃないかと思うけど」

『両片想い、ね』

「そう、それ」

さすが、湊には通じるか。ちょっと嬉しくなってしまった。

◆◆◆

次の日の昼は、また屋上だった。

気がつけば、もうほぼ夏。制服の衣替えはあったとはいえ、強い日差しで肌が熱い。

昨日は湊とふたりで、御影にちからを使う計画を立てた。そして、今日がさっそく決行の日。

だが、その前にやっておくことがある。

「日浦さん、玲児さん、本当にお疲れ様でした……」

俺は超有能調査員である友人ふたりに、謹んで昼メシ一式を献上した。

ははぁ、と頭を下げているせいで、ふたりの顔は見えない。

「ありがとうございました……大変感謝しております」

「感謝はともかく、半日で調べろ、ってのはさすがにヤバいだろ。無茶振(ふ)りの伊緒(いお)め」

いつものからかう口調ではなく、本当に呆(あき)れたような声で、玲児(れいじ)が言う。

同時に、頭に軽いチョップが飛んできた。これはたぶん、日浦(ひうら)の手だ。

「マジで時間がなかったんだよ……すまん」

「いいけどさー。俺も、興味はあったし」

「あたしは興味ないぞ」

顔を上げると、もうパンを食べ始めていた玲児(れいじ)に対して、日浦(ひうら)は不満げに俺を睨(にら)んでいた。

せっかくのかわいい顔が台無しだぞ、なんてことは言えない。

「あの……それで、収穫(しゅうかく)の程(ほど)は？」

昨日の夜、俺は湊(みなと)と通話をしながら、ＬＩＮＥで日浦(ひうら)たちにまた聞き込みを頼(たの)んでおいた。

ただ、今回は御影(みかげ)についてではなく——。

「なんもなし」

「残念、俺も」

「……そうか」

ダメ元だったけど、やっぱりな……。

「御影ちゃんの彼氏に会ったことあるやつも、写真見たことあるやつもゼロ」

「半日で調べた範囲だから、抜けはあるかもな。でも、これが限界だ」

「いや……充分だよ。ありがとな、ふたりとも」

まあ、もともと御影の顔に触れなかったときの保険だ、仕方ない。

こうなったら。計画を確実に成功させるまでだ。

「あ、でもちょっと、気になること聞いたぞ」

コーヒーをひと口飲んでから、玲児が言った。

「あの、御影ちゃんと同中の子な。また喋ってきたんだけど」

「ああ……それで、どうしたんだ？」

「モノマネで？」

「……普通に」

「『あのあと中学のときの友達に、御影さんのこと話したの。彼氏できたらしいよーって』」

「普通に」

「はあ、冷たいなぁ」

お前がやりたいだけだろ……。また日浦に噛みつかれるぞ。

「そしたら、中学の頃の話になったんだと。で、その友達によると——」

そこで、玲児は少し溜めを作って、僅かに顔をしかめた。

「御影ちゃん、一瞬不登校っぽくなった時期があったらしい」

「……不登校？」

それは……なんというか、御影のイメージとは遠い言葉だな……。

「ああ。でもせいぜい二週間とかで、そのあとは何事もなく登校再開して、そのまま卒業」

「……原因は？」

「その子もわかんないんだとさ。ただ、なんかクラス全体で喧嘩？　みたいなのがあったらしくて、それで学校行くのしんどくなったんじゃないか、って。実際、御影ちゃん以外にも何人か、学校休んでたんだってさ」

「そうなのか……。なんか、大変そうだな」

と、そんな感想しか出てこなかった。全容がわからないせいで、なんともいえない。

ただ、今回の件には特に関係なさそうだ。

それにしても……不登校、か。

まあ、みんないろいろあるよな。

俺も……いや、今思い出すことじゃないか。

「はい、気になること終わり」

玲児はパッと両手を広げて、手持ちなし、のジェスチャーをした。

結局、収穫がゼロなのは変わらずか。

「……しゃーないな」

グッと腕を上に伸ばして、身体をほぐす。

そのまま後ろに倒れて、俺は長い息を吐いた。

雲のない空がやたらと綺麗で、ちょっと恨めしかった。

「ん、誰かいるのかな？」

そのとき、急に屋上のドアから、人の声がした。

反射的に起き上がって、三人一緒にそっちを見る。身体と顔が、途端に強張った。

おそらく湊でも、藤宮でもない。

生徒ならまだマシ。教師なら説教、たぶん合鍵も没収だ。

ただ俺には、その声にやけに聞き覚えがあるような気がしていた。

「おや……驚いたね。先客がいたなんて。それも、外に」

「……お前」

現れたのは、ついさっきまで俺たちが話題にしていた、三大美女、御影冴華だった。

こいつ……なんでここに……。

「あれ、御影ちゃんじゃん。どうしたの？」

平然とした態度で、玲児が声をかけた。

この切り替えの速さ。さすが、小芝居ならお手のものだな。

「ううん。どうした、ということもないんだよ」

御影は困ったように、軽く首を振っていた。長い髪が揺れて、陽の光を反射して輝いた。

何度も通話した仲とはいえ、向こうは俺が天使だとは知らない。

ボロが出ないよう、極力黙っておこう。

「クラスの子から、恋人について質問攻めにされてしまってね。申し訳ないけれど、答えきれないから逃げてきた。そうしたら、きみたちが」

薄く笑って、御影は大きな目で俺たちを順番に見やった。

思えば、御影と目が合ったのは、これが初めてかもしれない。

「たしか、屋上は立ち入り禁止じゃなかったかな。ドアにも鍵がかかっているはずだけれど」

「あれ、そうだっけ？　うっかりしてたなー」

「それにその様子だと、来るのは初めてじゃなさそうだね。もしかして、こっそり合鍵を持っていたりするのかな」

言いながら、御影はゆっくりと、こっちに近づいてきた。

ただ歩いているだけなのに、まるで映画のワンシーンを見ているような、不思議な感覚にさせられた。

「……ふふっ」

突然、御影は小さく肩を震わせた。目が細まり、かすかな声が漏れる。

「……なんだ？」

「すまないね。なにも、注意をしたいわけじゃないんだよ。今のは私が悪いけれど、そんなに身構えないでほしいな」

「……」

「ただ、今日は私を匿ってくれると嬉しい。お互い、ここにいることは内緒にしよう」

そう言って、御影は俺たちの返事も待たず、端にあるフェンスの方に向かっていった。

「オッケー。じゃあ取引ってことで」

「うん。ありがとう、三輪くん、日浦さん、明石くん」

俺たちの名前をひとりずつ呼んで、御影はフェンスに手をかけた。

風を受けて、目を閉じる。その横顔が作り物みたいで、思わず目を奪われてしまった。

雰囲気といい、外見といい、通話のときと違って、実物は得体の知れない迫力があるな。

ところで、玲児と日浦はともかく、なんで俺の名前まで知ってるんだ、御影のやつは……。

「御影ー」

ふと、俺の後ろから声が飛んだ。

「ん、なにかな？　日浦さん」

「お前の彼氏って、どんなやつなんだ？　写真見せろよ、写真」

軽い口調で、日浦はなんとも大胆なことを言った。

お前……それは奥の手すぎるだろ……。

けどたしかに、うまくいけば一発逆転、大勝利……。

だが、俺のそんな期待に反して、御影の反応は芳しくなかった。

「質問攻めがいやだからここに来た、とさっき言ったろう？」

「顔が見たいだけだよ。いいじゃん、それくらい」

「……日浦さんは、本当に私に興味があるんだね。どうしてかな？」

「答えたら見せてくれんの？」

難色を示す御影にも、日浦はのらりくらりと食い下がった。

普段はこういう探り合いみたいなのを嫌う日浦だが、かといってできないわけじゃない。

たぶん、気を利かせてくれてるんだろう。

「……はぁ。降参だよ。どうか見逃してくれないかな」

「やなのか？　イケメンなんだろ」

「……ねえ、頼むよ」

困ったように眉を下げて、それでも、笑いながら。

どこか有無を言わせない色のある声で、御影は言った。

それっきり、屋上の景色に向き直って黙っている。

日浦がスマホを取り出して、ササっと指を動かす。すぐに、俺のスマホに通知が来た。

『だってさ』

短いメッセージと、マヌケな顔をした猫のスタンプがひとつ。

『ありがとな、特攻隊長』

そんな俺の返信には、もう既読はつかなかった。

放課後の食堂は、ひっそりしている。

お昼と違って注文もできないから、当然だ。

お喋り目的の生徒以外では、あまり人が来ない。けれど、だからこそちょうどよかった。

薄暗くて広い空間に、大きめのテーブルと椅子がたくさん並んでいる。

壁際にある自販機のかすかな音だけが、ブゥンと低く響いていた。

学校に着いてすぐに、御影さんの下駄箱に手紙を入れた。

時間と場所と、私の名前。それだけで、きっと彼女は来てくれるだろうと思った。

「やあ、柚月さん」

いつの間にか、御影さんが私の向かいに立っていた。

相変わらず、同性なのに緊張してしまうくらい、綺麗な人。

申し訳ないな、と思う。

せっかく来てくれたのに、嘘をつかなければいけない。

「少しぶりだね。その節は、本当にありがとう」

「いいえ。私はただ、仲介しただけだから」

御影さんはにっこり笑って、そのままなにも聞かずに座ってくれた。

大きな部屋の真ん中で、静かにぽつんとふたりきり。

ひとつ呼吸を整えてから、私はテーブルに置いていたサイダーの缶に口をつけた。

普段は滅多に飲まない炭酸。

でも最近は、ちょっとだけ頻度が上がった気がする。どうしてだろう？

「それで、今日はどうしたのかな？　きみの方から、私を呼び出してくれるなんて。少しドキドキしてしまうよ」

「突然ごめんなさい。用ってほどでもないんだけど、放課後じゃなきゃ目立っちゃいそうで……」

「ふふっ。私ときみなら、たしかにそうだろうね」

冗談っぽく言って、御影さんは楽しそうに頬を緩める。

そんなに話題は用意できてない。スムーズにやってよね、伊緒。

「天使とは、ちゃんと話せた？」

「ああ、無事ね。すごく迷惑をかけたけれど、助けてくれたよ」

御影さんに、答えを渋る様子はなかった。

やっぱり伊緒の言ってた通り、この件についてはオープンみたいだ。

「そう、よかった。ちょっと心配してたの。私も、うまくいってほしかったから」

「それは……ありがとう。きみは優しいね」

本当に嬉しそうに、御影さんはにっこり笑った。

ますます、罪悪感が募る。

もう、なにしてるのよ……。伊緒、早くっ。

「……噂になってるわよね。御影さんに恋人ができたって」

「そうだね。広まりすぎて、さすがに恥ずかしいよ」

「天使に頼んだのは、やっぱりその人への告白？」

「ああ……いや、でもそうだ。一応、口外禁止だと言われてしまってね。きみにならいいのかもしれないけれど……うぅん」

御影さんは難しそうに唸って、顎に手を当てていた。

たしかに、そういう条件を出してる、とは伊緒にも聞いていた。

きっとマジメな人なんだろう。

「……まあ、悪いけれど想像に任せるよ。たぶん、それで合っているから」

「わかったわ。こっちこそ、気が利かなくて」

ごめんなさい、と続けようとした、ちょうどそのとき。

ガラリと音がして、食堂のドアがゆっくり開いた。

すぐさま、御影さんの視線が動く。それを追うようにして、私もそっちを向いた。

「……」

片手でスマホをいじりながら、伊織が入り口に立っていた。

こちらを一瞥してから、伊織は特にリアクションもせず、伏し目がちに歩いてきた。

私たちには、一切興味なし。そう言いたげな素振り。

もちろん、演技だ。私と一緒で、あんな顔でも緊張してるはず。

ただ私には、なぜだか御影さんの表情まで、硬くなっているように見えた。

「そういえばこの前、石山駅のデリカフェにいたわよね」

準備しておいた話題のふたつ目を、私は御影さんに投げかけた。

今は余計なことを考えている暇はない。

チャンスは、一度きりだ。

「え……えっと、いつのことだろう？　あそこには、よく行くからね」

「ほら、コーヒーをひっくり返しちゃったお客さんを、あなたが助けてあげてた日。私、あのときお店にいたの」

「あぁ、見られていたんだね。すまない、気づかなかったよ」

そこで、伊緒が私の後ろを通り過ぎた。

御影さんの目線が、一瞬だけ上を向く。

「だけど、正直驚いたわ。あなた、もうお店を出たあとだったのに、戻ってきたから……」

「おや、そうだったかな……。細かいところまでは、あまり覚えていなくてね」

御影さんの語尾に重なるように、自販機からガコンと音が鳴った。

買った飲み物を受け取り口から出す伊緒が、私の位置からは見えていた。

そのタイミングまで、もう少し。

「気になってたんだけど」

「ん、どうぞ」

質問をするべきだろう、と思った。

きっとその方が、御影さんの注意がそれるから。

「あのとき……迷わなかったの？　助けるかどうか」

それに――これは本当に、気になっていたことだったから。

「迷わないよ、私は」

御影さんは、すぐにそう答えた。

「損得勘定をしてしまった自分に、あとでうんざりしたくない。それに、迷う自分よりも、すぐに動ける自分の方が、素敵だと思う」

「……」

「私は、素敵な御影冴華でいたいんだ。自分のことを、好きでいられるように」

「……あなた――」

〝ガタンっ〟

椅子を蹴る鈍い音を立てて、御影さんのそばまで来ていた伊緒が体勢を崩す、フリをする。

つまずくような動きで、伊緒の身体が前に飛び出す。

右手が御影さんの顔に伸びて、かすめるように頰に触れる。

ギリギリ、ぶつからずに済んだ。少なくとも、はたからはそう見えた。

反射的に自分の肩を抱いていた御影さんが、ゆっくりと目を開いていった。

「あっ……悪い。大丈夫か？」

「……ああ、平気だよ。きみこそ」

御影さんの言葉を待たず、伊緒は身体を翻した。早足で、逃げるように食堂を出ていく。

成功、したはず。

なのに、去り際の伊緒の表情は、明らかに困惑しているようだった。

……成功、したのよね？

いる。

御影さんと別れて、私はすぐにプルーフに向かった。そこで、伊緒と合流することになっている。

かわいくて上品な装飾のドアをくぐって、明石さんに会釈をする。いつもの席を見ると、伊緒が頭を抱えて目を閉じていた。

これで、悪い推測を立てるな、っていう方が難しい……。

「おぉ……湊か。お疲れ……」

「……どうしたの？　もしかして、触れなかった？　見えた顔、もう忘れたとか……」

「いや、触ったよ。たぶん、ってゆーか、間違いなく……」

最後に「柔らかかったし」と聞こえたような気がして、なぜだか胸の奥がムッとなった。

伊緒はぐったりと背もたれに寄りかかって、天井を見上げた。

意外と突き出た喉仏が、かすかに上下していた。

「……でも、見えなかったんだよ」

「……え？」

ぼんやりした顔で、伊緒が言う。

「誰も……なんにも、見えなかった」

ははっ、という乾いた声は、店内の喧騒に混ざって消えていった。

―第四章― 顔とグラスを合わせれば

計画自体は、うまくいった。

湊が御影の注意を引いてくれたおかげで、多少わざとらしくなったつまずき方も、見られずに済んだ。さすが優等生、いい仕事をしてくれる。

ただ、最悪怪しまれるのは、べつによかった。

例によって、どうせちからがバレたりはしない。

触るのに失敗すること、それだけが怖かった。

それだけ……だったんだけどな。

「……意味がわからん」

思わず、そんな声が漏れる。

向かいに座る湊も訝しげに眉根を寄せて、レモンティーのストローをクルクルと回していた。

呼びつけたので、俺の奢りだ。

「湊……顔、触ってもいいか?」

「……ふぇっ!?　な、なんで！　いいえ、なんでもいいわ！　ダメ！」

「そ、そうか……すまん」

めちゃくちゃ拒否されてしまった……。

まあ、どうせちからに異常はないよな……今回も。

前に、湊に触れてちからの不調を疑ったときも、結局そんなことなかったし。

でも……今度は人数が多すぎたあのときとは、いわば逆か。

見えるはずのものが、見えないとは……。

「どういうことなの……？」

「普通に考えれば……いないんだよ。御影に、好きな人は」

「……まあ、そうよね。だけど、じゃあどうして？」

「さあな……」

それがわかれば苦労はない。

「……仮説を無理やり立てるなら、だけど」

「う、うん」

「付き合ってから今までのあいだに、もう気持ちが冷めた。これがひとつめ」

「それは……たしかに、あり得ないことじゃないわね……」

「ああ。人間関係、どうなるかわからないからな。ずっと好きでも、付き合ってみたら……っていうこともある」

もちろん、あってほしくはないけどな。

「……それから、ふたつめ」

いや……それでもこっちの説よりはマシか。

「もともと、好きじゃなかった」

「……」

予想がついていたのだろう。湊は驚きもせず、苦しそうな顔でくちびるを尖らせた。

「伊緒は……どっちだと思ってるの？」

「……マジでわからないけど」

でも、強いていうなら……。

「ふたつ目の方……かな」

「……そう」

湊が気まずそうに、ストローをくわえた。

氷がぶつかる澄んだ音だけが、沈黙を埋めてくれていた。

「心当たりが……ないわけじゃないんだよ」

「えっ……」

御影との、恋愛相談の通話。

その内容のほとんどを、俺はまだ覚えている。

当然、そのとき感じた、でも、見過ごしていた違和感のことも。

「あいつ、落ち着いてたんだ。天使の相談者はいつも、もっと不安そうにしてたり、恥ずかしそうなんだけど……御影は、ずっと冷静だった」

「それって……あの人の性格、とかじゃなくて？　御影さん、普段からそんな感じだし……」

「俺もそう思ってたよ。でも、相手のこと好きじゃなかったって考えれば、あの手応えのなさにも合点がいく」

辻褄が、合ってしまう。

「……そっか」

「いや……もちろん、全部推測だけどな」

と言いつつ、今のところ、ほかにしっくりくるものがない。

だけど、それでもまだ疑問は残る。

「もし……伊緒の言ってることが正しかったとしたら、御影さんはどうして、好きじゃない人と付き合ったのかしら……」

「それも、いろいろ可能性は考えられる。いわゆる、偽装恋人みたいな感じだろ？　ラブコメ的にいうと」

「ああ……そうね、偽装恋人」

相変わらず、話が通じて助かる。

「その人と付き合うことで、ほかの目的が果たされるのよね。家同士の架け橋になったり、お見合いを断る口実にしたり」

「だな。あとは逆に、親を安心させるため、とか」

「ええ。それもありがちね」

湊はうんうんと、深めに頷いていた。さすが、少女漫画大好き少女だ。

と、楽しくラブコメトークをしてる場合じゃない。

「偽装恋人の目的もそうだけど……もっとわからないのは」

「……なんなの？」

「なんであいつは俺……いや、天使に相談してきたのか、ってことだ」

言いながら、俺は初めて御影と話した日のことを思い出した。

「それは……天使のアドバイスがほしかったから……じゃないの？　付き合える自信がなくて、天使の評判に頼ったんじゃ……」

「その偽装恋人を、相手が了解してないなら、な。でも普通偽装恋人は、相手に事情を話して、恋人のフリをしてくれって頼むもんだろ」

「そ……それもそうね。で、偽装だったはずが、だんだん本気の恋になっていく、っていうのがお約束……」

「ああ。けど、御影はわざわざお前に頼んでまで、俺に接触してきた。変だと思わないか？」

……いや、絶対に変だ。考えれば考えるほど。

確証はないが、確信はある。

「悪い湊。予定変更だ。今日はもう、帰ってくれていい」

「……伊緒はどうするの？」

「御影の彼氏は探せない。それどころか、別の謎が出てきた。でもその代わり――」

……まあ、いつかはこうなるような気もしてたけどな。

「御影と、また話す口実ができた」

◆　◆　◆

夜。

前に手紙で聞いたアドレスにメールすると、御影はすぐにチャットルームに現れた。

『かけるね』

そんな短いメッセージのあとで、さっそく着信が来る。

ボイチェンと、それから仕事モードをオンにして、応答ボタンをクリックした。

『やあ、天使』

少しぶりに聞く、イヤホン越しの御影の声。

今日は穏やかな通話にはならない。

なんとなく、そんな予感がした。

「反応が早くて助かる」

『ふふっ。あんな文面を送ってきておいて、よく言うよ』

御影の返事に、呆れたような苦笑が混ざった。

『話したいことがある。今日の夜、都合がいい時間に来てほしい。……これじゃあきみがいつまで待つつもりか、わからないじゃないか。無視できないよ』

「ん、そうだったか？」

と、とぼけてみたが、御影はため息を返してきた。

だってそうでもしなきゃ、お前は無視するつもりだったんだろ。

『それじゃあ、聞こうかな。明るい話だと嬉しいんだけれど』

「私も、そう思ってたよ」

『……』

「単刀直入に聞く。響希のことが好きだというのは、嘘だな」

答えは、すぐには返ってこなかった。

今御影は、どんな顔をしているのだろう。なにを思っているのだろう。

返答を待つあいだ、俺はそんなことを考えてしまっていた。

『嘘じゃないさ』

またいつかのような、ひどく落ち着いた声音だった。

『私は響希くんを愛しているし、彼と結ばれたのも、きみのおかげだよ』

「……」

『話というのは、それだけかな？』

「……どうして、私が嘘だと疑った理由を、聞いてこないんだ」

さっき、プルーフで湊と話した仮説、違和感、その根拠。

それを御影に、ぶつけてやろうと思っていた。

そして、反論に対する反論まで、用意しておいた。

そうすれば、御影の事情だって見えてくるんじゃないかと思った。だから俺は、御影と話すことにした。

なのにこんな……ただ否定するだけなんて。

『気にならないからね』

「……っ」

『原因には察しがついているよ。だけど、きっと全部きみの深読みで、勘違いだ。少なくとも、私はそう答えるし、きみにはそれ以上、追及する道理もないはずだ』

「お前……」

『どうしても信じてほしい、というわけでもないからね。もちろん悲しいけれど、疑いたければそうしてくれていい。でも、真実だよ』

「……相談中、やけに冷静だったろ。長年の片想い相手に、告白しようっていうのに」

『ううん。あれでも緊張していたし、必死だったよ』

「ずっとできなかった告白に、急に踏み出せたのはどうしてだ」

『きみの言葉と、その場の勢いのおかげだよ。あのときもそう言ったろう？　疑われても困る』

ダメだ……徹底して、議論をさせてくれない。

言い負かされるのは多少覚悟してたが、こっちの方がずっと手強い……。

『ただ……きみがその推測に至ったきっかけはわからないね。どうして、今、そう思ったのかな。それとも、もっと以前から？』

「……それは」

お前の顔に触ったからだよ、なんて言っても、意味がない。

ちからの証明もできないし、信じないだろう。

そもそもこのちからは、相手が湊みたいな特例でないと、ただの当てずっぽと同じだ。

「あなたは好きな人がいませんね？」なんて言い当てられたところで、「超能力だ！」とはならない。

だったら、ちからの話をしてもややこしくなるだけだ。

あくまで、疑ってる、っていうスタンスしか、俺には取れない。

どうする……？

『……まあ、それも私が気にすることじゃないね。とにかく、話が終わったなら、私はこれで失礼するね』

「ま、待て……！」

『……』

無策で、無意味な制止。

そのはずだったのに、御影は通話を切らなかった。

対面とは違う。いつでも、一方的に逃げられる。

けれど、御影はそうしない。

きっと言葉や態度ほど、拒絶されていない。

そのはずだ。

「べつに……謝れとか、よくも騙したな、とか、そういうことが言いたいわけじゃないんだ。ただ、事情が知りたいんだよ。なんでお前が、こんなことをしたのか。好きじゃないのに、響希と付き合いたかったのか……」

『……響希くんを好きじゃない、という前提が、まず間違っているんだよ。だから、きみの希望は叶えられない。わかるだろう』

今度こそ、突き放すような口調だった。
もちろんわかるよ、御影。その理屈は、言い分として完璧だ。
お前が、響希のことを好きかどうか。
それは、本人にしかわからない。他人がなんて言ったって、それは変わらない。
でも、今だけは違うんだ。俺だけは、そうじゃないんだ。
わかるんだよ。
見えなかったんだよ。
お前に……好きだって言いたいやつがいるんだよ。
「なあ御影」
『……』
御影は相槌を打たない。
それはきっと、もう話を続けたくない、という意思表示。
だけど、ここで引き下がるわけにはいかなかった。
繋ぎ止めるために、俺にできることは多くない。
「今から、時間をくれないか」
『……えっ』
「直接……会って話したい」

◆　◆　◆

『一時間後、膳所駅近くのカフェ、喫茶プルーフで』
御影にそう伝えてから、俺はさっさと家を出た。
月と街灯に照らされた道を、ひとりで歩く。
しゃり、しゃり、とアスファルトがかすかに鳴って、夏の夜の匂いがしていた。
駅に着くまでのあいだに、有希人にＬＩＮＥした。
『鍵は元の場所に戻すこと。十一時までには帰ること』
『わかった』
『散らかさないこと。汚さないこと。それと』
思わせぶりに一度文章を区切って、有希人はまたすぐに続きを送ってきた。
『エロいことには使うなよ』
『通報した』
『こっちのセリフだ、不法侵入』
やれやれ……こういう大人にはなりたくないな。
……でも、まあ。

『急に店使わせてもらって、悪いな。ありがとう、有希人(ゆきと)』
ちゃんと、感謝はしてるんだよ、バカ従兄弟(いとこ)。
『いいよ。なにするのか知らないけど、頑張(がんば)っておいで』

約束の時間までは、まだ少し余裕(よゆう)があった。
ドアの札は『close』のまま、店内の灯(あか)りをつける。
カウンターに座って、壁掛(かべか)けの電波時計の針を、ぼんやり眺(なが)めた。
「私は会いたくない」と、御影(みかげ)は言った。
「それでも、待ってるよ」と、俺は返した。
無駄足(むだあし)になれば、そのときはそのときだ。大したことじゃない。
「……ふぅ」
もう打つ手がない、と思った。
正確には、これしかない、と。
自分から誰(だれ)かに正体を晒(さら)すのは、やっぱり慣れない。
最後にそうしたのは、藤宮(ふじみや)のとき。
その前は……たしか――。
「本当に、勝手な人だね」

後ろから、チャラリン、というドアの鐘の音と、声がした。

振り向く途中で心臓が跳ねて、ちょっと苦しかった。

「……驚いたな。明石、伊緒くん。今日きみに会うのは二度目……いや、三度目だ」

「だな。変な偶然もあるもんだ」

まあ、ホントに偶然なのは一回だけだけどな。

「お店、調べたら閉店時間を過ぎていたから、不安だったんだよ？」

「従兄弟の店なんだ。もう誰も来ないから、安心してくれ」

そうでなきゃ、お互い都合が悪いだろうからな。

御影は一歩ずつ、確かめるようにこちらへ歩いてきて、三メートルほど離れたところで立ち止まった。

それから俺の顔と、全身をまじまじと見たあとで。

「男の子だったんだね。それに、羽も輪っかもないのかな？」

「悪いな。こっちの世界にいるあいだは、見えなくなるんだよ」

俺の冗談に、御影はかすかに肩を震わせた。

御影はサイドに深めのスリットがある、薄手の白いカーディガンを着ていた。

涼しげな綿のショートパンツに、ライトブルーのハイカットスニーカーが爽やかで、目を引いた。

ラフで、スッキリした服装。

けれどそれゆえに、御影の素材のよさが遺憾なく発揮されているように見えた。

なにより、夜のカフェにまっすぐ立っている御影の姿は、どこか幻想的で。

綺麗とかかわいいよりも、優雅や美しいという言葉がよく似合っていた。

「好きに座ってくれ」

「うん。それじゃあ、遠慮なく」

俺が近くのテーブル席に移動すると、御影はすぐにその向かいに腰掛けた。

今は窓にブラインドがあるので、いつもの奥まった席を使う必要はない。

「来てくれたんだな」

「本当はいやだったんだ。なのに、きみが待ってると言うから」

拗ねた子どもみたいに口をすぼめて、御影が頬杖を突いた。

その表情がなんだか場違いで、けれど妙にかわいらしかった。

「それに……きみには恩もあるしね。ここまでされると、さすがに無下にはできないよ」

「俺に言わせれば、こっちはもうそこに期待するしかなかったからな」

「……たくましいんだね、天使は」

呆れたように首を振って、御影がひとつ息を吐く。

「せっかく会えたんだ。あらためて、お礼をしなきゃね」

「……」

「相談を受けてくれてありがとう。お世話になったね」

御影はそう言って、ふわりと柔らかく笑ってみせた。

まるでさっきまでの口論なんてなかったかのような、屈託のない笑顔だった。

「……この状況で、それが言えるかね」

「あのときのきみの言葉も、思いやりも、なかったことにはならないからね。もちろん、私の感謝だって同じだよ。そこは、ちゃんと分けて考えたい」

「……そうかい」

さすがというか、あっぱれというか……。

「さて。呼び出しに応じたからといって、私の答えは変わらないよ。きみだって、それはわかっているだろう？」

御影はいつの間にか、鋭い目つきで俺を見据えていた。

そっちから本題を持ち出してくれるとは、ありがたい。

いや、早く済ませたい、ってことだろうな。

けど、俺だって半端な覚悟で来てるわけじゃない。

「変わらなくても、もう一回聞く。お前は響希のことを、好きじゃない。なのに俺に相談して、恋人になった。そうだな？」

「……違うよ」

「いいや、違わない。でもさっきも言ったように、咎めてるわけじゃない。事情があるなら、教えてほしいんだ」

「……」

御影は身体の前で両手を組んで、形のいい顎にくっつけた。瞳だけが静かに、ゆらゆらと揺れている。

沈黙が何秒も続いた。

「聞くつもりはなかったけれど……仕方ないね」

「……ん」

「だったら、どうしてきみは、私の事情が知りたいのかな。きみはまだ、それを私に話していないよ」

御影の疑問は、至極当然のものだった。

今まで聞いてこなかったのは、俺の理由に関係なく、返事が決まっていたからだろう。

考慮しないものは、きっと最初から知らない方がいい。

怒られそうだな、と思う。

でも、答えないわけにはいかなかった。

「言えない」

「……それはつまり、自分は事情を話さないのに、私には話させたい、そういうことかな?」

「そうだ。理不尽なのは、よくわかってるよ」

「……そうだ、か」

俺の言葉を繰り返すように、御影が言った。

意外にも、驚いた様子はなかった。

また、沈黙が降りた。

「……はぁ。ダメだね。やっぱり、来るんじゃなかった」

嘆くような、諦めたような声が混じった、重いため息だった。

御影はグッと伸びをして、長い長い瞬きをした。

「もっと気楽に話そうか。駆け引きも、探り合いもなしで。もう、疲れてしまったよ」

自嘲気味で、けれど少しだけ、甘い声だった。

俺は自分の強張った身体から、フッと力が抜けていくのを感じた。

張り詰めていたものが、数時間ぶりにほどけたような気分だった。

「……だな。賛成」

俺たちは一度外に出て、コンビニで飲みものを買った。

プルーフのカウンターから借りたグラスに注いで、氷を入れてストローを挿した。

有希人に断りのＬＩＮＥをすると、変なスタンプだけが返ってきた。たぶん、オッケーってことだろう。

テーブルに、カルピスソーダとウーロン茶が並んだ。

「まず、最初に聞きたい」

「うん。どうぞ」

そのやり取りだけで、ふたりともさっきまでより、声が軽いのがわかった。

「お前が望むベストの状態は、なんだ？」

「今のまま、響希くんとの恋人関係を続ける。きみを含めた全員に、私の彼への気持ちを信じてもらう。そして」

「……」

「きみとも、争いたくない。これで全部だよ」

「……よくわかった」

最後のひとつ以外は、おおむね予想通りだった。

だが、こうして言葉にされると、やっぱりスッキリしていい。

思考が冴えるし、なにより、疲れない。

「じゃあ、きみの望みも聞こうか」

「お前の事情が知りたい。そしてそれが、俺の目的の妨げになってるなら、なんとかしたい。

けど、俺の目的がなんなのかは、お前には話せない」

「……なるほど。聞けば聞くほど、フェアじゃないね」

御影はクフフと、今度は本当におかしそうに笑った。

たしかに、言えば言うほど自分勝手だな、こりゃ。

「……私は、響希くんのことを好きじゃない。なのに、わざわざきみに相談して、恋人になりたがっていた。それは、もうきみの中では揺るがないのかな？」

御影が、俺を見つめる。

輝きの深い瞳。その中にいる自分と、目が合った。

「ああ、揺るがないよ」

思わず、「ごめんな」と、頭の中で唱えた。

「……わかった。なら、もう白状するよ」

消えそうな声で言って、御影は弱々しく、うっすらと笑う。

「きみの言う通りだ。私は、響希くんのことを愛していない」

「……そうか」

「うん。本当に、すまないね。あんなに真剣に、相談に乗ってくれたのに……」

「咎めるつもりじゃない、って言ったろ。本当に、それについては気にしてないんだ」

俺が答えると、御影はひどくつらそうな顔をした。

それから、ひと口だけお茶を飲んで、ふぅっと短い息を吐いた。

「……どうして。私はきみを騙して、利用したんだよ。怒るのが普通じゃないか」

「まあ……言われてみればそうかもな。けど、事情があってそうしたんだろ」

「……事情があっても、よくないことだ」

「なら、よくないことでも、許すよ。今のお前を見れば、ちゃんと悩んで決めたんだってことは、わかるからな」

言いながら、そうだ、と思う。

御影は、きっとそういうやつなのだ。

動き出す直前の電車を降りて、迷子に駆け寄るような。

噂を信じてた、なんていう、責任もなにもないことで湊に頭を下げるような、そんな。

「お人好しだね、天使は……」

「……」

「どうして私がそんなことをしたのか、きみが知りたいのは、そこだったね。そして、私が話したくないことも、同じくそれだ」

「……だな」

頷くのと同時に、また罪悪感に襲われた。

「……わかるんだ。言いたくないことがある、っていう気持ちは」

俺にも、湊にも。

きっと誰にでも、そういうものはあるから。

「でも、俺はそれを聞かなきゃならないんだ。お前には申し訳ないけど、引けないんだ」

「……うん。そうなんだろうね」

かすかに湿った声で、御影が言った。

俺はただ、御影の次の言葉を待っていた。

「疑問に思っていることがあるんだよ。実は、たくさん」

「いいよ。答えられないこと以外は、なんでも答える」

でなきゃ、最低限の筋も通らないから。

「……きみが正体を明かしたのは、私を説得する時間を引き延ばすため。そして、きみが知りたいことを、私から聞き出すため。そうだね？」

「ああ」

「リスキーだとは思わなかった？　こうして直接話したって、私は口を割らないかもしれない。なんならきみの顔を見て、すぐに逃げることだってできた。天使は明石伊緒だと、周りに言いふらすことも。それを考えなかったのかな？」

「考えたよ。でも、他に方法がなかった」

「きみは以前の全校放送で言ったね。できれば、自分の正体は探らないでほしい、と。相談を頼んだときも、引き受ける条件として提示してきたじゃないか。なのに、その目的のためなら、秘密を賭けの材料にしてもよかったということなのかな？　それも、こんな勝率の低い賭けの」

「……まあ、そういうことだ」

だって、しょうがないだろ。

ホントにこれが、俺の最終手段なんだよ。

「……ねぇ、天使。その目的というのは……きみ自身に関することなのかな」

御影は、まるで答えがわかっているかのような口調で、そう言った。

「それとも……誰かほかの人についてのこと、なのかな？」

「……ああ、そうだよ」

「それが誰かは……答えられない？」

「……すまん」

御影は一度、視線を斜め下の方に投げた。

テーブルの角を睨みながら、ウーロン茶のストローをもてあそぶ。

それから、急になにかを見つけたみたいに目を見開いて、あ、と口を動かした。

「天使の相談に、関係があるんだね？」

「……答えられない」

「どうして？」

「……俺には、答える権利がない。俺が答えちゃ、いけないんだ」

御影がどこか苦しそうに、俺を見つめた。

疑惑が確信に変わった、そんな表情に見えた。

「……そうか。だから、彼は……」

項垂れるようにゆっくり下を向いて、御影は独り言みたいに呟いた。

もしお前が、本当に、わかっているなら。

「だけど……考えてみれば、当たり前のことだね。きみは、久世高の天使なんだから」

いや、たとえわかっていなくても。

「きみがなぜ、引き下がれないのか。なにがしたいのか。理解したつもりで、あらためて答えるよ、天使」

ありがとうな、御影。

「私は、やっぱりきみに、事情を話したくはない」

「……そうか」

「でも」

「……」

「でも……自分じゃない誰かのために、ここまでするきみを突き返すのも、難しいね」

ゆっくりと、御影が目を閉じる。

そして、意を決したようにくちびるを引き結んで、また緩めた。

「それじゃあ、お願いをふたつ、聞いてくれるかな？」

緊張感のすっかり抜けた、穏やかな声だった。

ありがとう、と、もう一度思った。

「もちろん、聞くよ」

「うん。じゃあそのお願いが終わったら、全部話すね」

にっこりと、今日一番明るく笑って、御影が言った。

それから、空になったグラスを俺のそれに、チンと軽くぶつけた。


「それで、お願いって？」

使ったグラスを片付けながら、俺はカウンターの中から御影に尋ねた。

時計の針は、もう十時を過ぎている。

帰りにかかる時間を考えても、そろそろ解散しなきゃならない。

「ひとつ目。これから一週間、私と毎日学校で、一緒に昼食を摂ること」

「……え」

な、なんだそりゃ……。

「おや、まさか、いやなのかな？」

「そ、そういうわけじゃない。ただ、もっと大変なことを頼まれるのかと……」

「ふむ。じゃあ、ラッキーだったね」

楽しげに言って、御影はカウンターに身を乗り出した。

肘を突いて、両手で自分の顔を包む。

細い指の先が、柔らかそうな頬にふにっと沈んでいた。

ラッキーかどうかは、正直怪しいところだ。

だが、そんなのでいいのか、という気持ちはもちろんある。

「ちなみに、理由は？」

「秘密」

「……そうですか」

御影の答えには迷いがなかった。

まあ、せっかくその気になってくれたんだ。この際、文句言わずに付き合うか……。

「なら、ふたつ目は？」

「うーん、そうだね……」

「おい……決まってないのかよ」

ならひとつでいいんじゃないのか？　と思わざるを得なかった。

無駄を削減しろ、無駄を。

「ふん……よし、じゃあひとつ目をクリアできたら、そのときに言うね。それまではお預け、ということにしよう」

「……おっけー、了解だ」

文句は言わない。たった今、そう決めたところだからな。

「うん。契約成立だね」

満足そうに頷いて、御影は右手を差し出した。小首を傾げて、俺が応じるのを待っている。

なんだか、最後はおかしな展開になったもんだな。

御影の手を緩く握りながら、俺はぼんやりと、そんなことを思っていた。

「よろしくね、明石くん」

『これから一週間』とは、正確には、週明けからの五日間、という意味らしかった。

月曜日、教室の壁にある予定表を見ると、ちょうど来週の頭から期末テストになっていた。

これは二重で厄介だなと、俺は思わずクラス掲示板の前で肩をすくめた。

昼休みのチャイムが鳴ってすぐ、あいつはやって来た。

「明石くん」

「……よう」

御影は俺の席の前にしゃがんで、机に両腕と顔を載せた。

ふふっと笑って、上目遣いで俺を見ている。

クラスの連中がざわつき始めて、こっちに視線が集中するのを感じた。

「おや、元気がないね。せっかく私が迎えに来てあげたのに」

「あんまり目立ちたくないんだよ……」

立場的にも、性分的にも。

普段は『地味で影の薄い明石くん』で通ってるんだから。

「そういうことも踏まえて、引き受けたんじゃないのかな？」

「そうだよ。でも、いやな顔するなってのは、条件に含まれてなかったろ」

「ふむ、たしかにそうだね。うっかりしていた」

御影はなぜか嬉しそうだった。

ニコニコしたまま、頭を左右にゆっくり揺らしている。

「それじゃあ追加しよう。いやな顔をしないこと」

「おいっ……卑怯だぞ、後出しなんて」

「ふぅん。私はべつにいいんだよ、中止にしても」

「……わかったよ」

くそっ、足元見やがって……。

「じゃあ行こうか。お腹もすいたしね」

御影がスッと立ち上がる。少し長めのスカートが、はしゃぐようになびいた。

なにがそんなに楽しいのやら。

俺は買っておいたパンの袋を持って、先に廊下に出た御影を追いかけた。

「行くって、どこに？」

「学食にしようかな。席が取れるといいんだけれど」

「また人の多いところを……」

恨みを込めて睨んでみても、御影は微動だにしなかった。

食堂に着くと、すでに生徒で行列ができていた。

ここでもしっかり注目を集める御影が、隅の方の空いた席へ向かっていく。

なるべく離れて歩こう。

そう思ったが、御影はすぐにこっちを振り向いて、手招きしてきた。

「ほら明石くん。ここに座ろう。注文してくるから、待っていてくれ」

「……御意に」

先にテーブルについて、俺は券売機の前で腕を組む御影を眺めた。

うぅん、という声がここまで聞こえそうなほど、真剣に選んでいる。

そういえばあいつ、一緒にコンビニで飲み物買ったときも、あんな感じだったな。全力選択少女め。

まあななやでは、俺と日浦も似たようなもんだったけど。

「お待たせ。じゃあ食べようか」

御影は結局、トレーに鯖のみぞれ煮定食を載せて戻ってきた。

チョイスが渋い。が、なんとなく似合っている。

ピタッと両手を合わせて、御影は丁寧ないただきますをした。

それに釣られて、俺も同じように頭を下げた。

「……」

俺たちは案の定、というか、未だにがっつり目立っていた。

もちろん、御影の知名度と人気が根本的な原因だろう。

だがおそらく、一緒にいるのが全く無名なモブだというのも、状況を加速させている。

組み合わせ、意味不明だもんな。わかる。

まあ耐えるしかないけども。

「うん、おいしい」

「……よかったな」

御影は味噌汁をゆっくり飲んで、幸せそうに目を細めていた。

それにしても、箸の持ち方やたら綺麗だな、こいつ。

「だけど、私は定食で、きみはパンか。なんだかちょっと寂しいね」

寂しいか？　よくわからん感性だな。

「一緒に昼食を摂る、という話だったのに。どうして先に買ってしまうかな」

「毎日これだからな。そういう注文は、事前に言っといてくれ」

「ふんっ。じゃあ明日は、なにも買ってきちゃダメだよ？　一緒に並ぼう」

「……はいよ」

やれやれ、お願いはふたつなんじゃなかったか？　さっきからどんどん増えてるぞ。

「そういえば、ＬＩＮＥを交換しといた方がいいんじゃないか？　こういう連絡用に」

べつにメールでもいいが、純粋に便利だからな。

「ん、あぁ……うーん」

御影は一度箸を置いて、難しそうに唸った。

……どうしたんだ？

「ごめんね。私は、ＬＩＮＥをやっていないんだ」

「え……えっと」

それは……つまりあれか……。

「……図々しいこと言ってすみませんでした」

「えっ」

俺はテーブルに両手をついて、テーブルすれすれに頭を下げた。

己の身分を弁えないのは、明らかな罪である。

「……あっ、いや、違うよ！　教えたくなくて嘘をついているとか、そういうわけじゃなくてね！　ホントに、やっていないんだ……！」

「そ……そうか」

慌てたように訂正して、御影はひらひらと両手を振った。

よかった……危うく、心の傷で死んでしまうところだった……。

そもそも、他意も下心もないんだよ。

連絡のための提案なんだよ、いやマジで。

「なら、インスタかツイッターは？」

と聞いてみたものの、たぶん……。

「……ごめんね。どちらもないんだ」

やっぱりな……。なにせ、あったら話題になってるだろうし。

それに俺も、天使の手紙を出すときのために、そのへんの事情はある程度押さえてるからな。

「あまり、そういうのが得意じゃなくてね。なにかあったら、メールで伝えるよ」

「……おっけー。いいよ、気にするな」

「うん。ありがとう」

でも、得意じゃない……か。

あんまり、そんなふうには見えないけどな。

「ところで、私とお昼を過ごすというのは、友達に伝えたりしたのかな？　特に、きみがいつも一緒にいるような子たちには……」

「ん、あぁ、一応な。どうせ知られるんだしと思って、話してある。けど……よかったか？」

「もちろん。むしろ、その子たちには申し訳ないね……。私のせいで、仲がこじれたりしないといいんだけれど……」

御影はひどく心配そうに言って、伏し目がちに俺の顔を見た。

たしかに日浦は、「じゃああたしは誰と食うんだよ！」って、お怒りだったな。

悪いけど、玲児で我慢してくれ。

「平気だよ。それに、そういうことも踏まえて引き受けた、だろ？」

「う、うん……そうだね」

頷きつつも、御影はまだ不安げだった。

変な、っていうか、細かいこと気にするやつだな。

さっきの条件追加といい、もっとわがままに振る舞うのかと思ってたのに。

「でも、お前こそどうなんだ？　普段誰かと一緒なら……」

「ううん。大丈夫だよ」

「……」

「私は、いつもひとりだからね」

あっさりそう言って、御影は薄く笑った。

いつかの日浦のセリフが、自然と頭の中に蘇った。

――そもそも、なんで御影って友達いねーんだ？

「なあ、御影……」

聞こうと思った。

どうしてなんだ？　って。

なにか、理由があるのか？　って。

「うん？　なにかな」

「……いや」

でも、なにも含むところのなさそうな御影の笑顔が、そうさせてくれなかった。

「ふたつ、お願いが終わったら、ね」

俺は、なにも聞いていないのに。

御影はまたにっこり笑って、ピンと伸びた細い人差し指を、自分の口にぴとっと当てた。

◆
◆
◆

次の日も、御影は俺を食堂に連れ出した。

今日はしっかり、手ぶらだ。

俺は何ヶ月ぶりかの食券を買って、御影について列に並んだ。

「なににしたのかな？」

首だけをこちらに捻って、御影が尋ねてきた。

「からあげ定食」

「ふむ、いいね。私はチキン南蛮定食にしたよ」

「ああ、そっちとも迷ったな」

「ふふっ。それじゃあ、少し交換しようか」

御影はなぜか口元に手を当てて、ひそひそ声で言った。

「……やめとく」

「もうっ、意地悪だね」

「だって……お前な」

めちゃくちゃ見られてるんだぞ、今日も……。

「いただきます」

「いただきます」

今回も端っこの席に座って、俺たちは同時に手を合わせた。

マジで久しぶりだ、学食。もしかすると、去年の一学期以来かもしれない。

謎の感慨に耽りながら、胡麻ドレをかけた千切りキャベツを先に退治する。

俺は嫌いなものは先に食べる派なのだ。

「はい、どうぞ」

「えっ……」

突然、チキン南蛮がひと切れ、俺の皿にひょいっと移動してきた。

予期せぬ新勢力の乱入に、からあげたちが怯えている。

いや、怯えてるのは俺か。

「……交換しないって言ったろ」

「うん。だから、あげるよ」

「……そうじゃないんだよなぁ」

これじゃあ、周りから見た印象は交換と同じだ。

それどころか、こっちの方が余計マズいのでは……。

「じゃあもう、交換にしてくれ……」

「やった。じゃあ、その小さいのがいいな」

「ご自由に」

御影はスッと箸を伸ばし、目当てのからあげを摘んで連れ去った。

さらばチビからあげ。達者で暮らせよ。

まあ、俺より御影に食われた方がお前も幸せだろうけど。

いや、きもいなこの発想。

「ふふふ。ありがとう」

「交換だからな、平等だろ」

「でも、お互い嬉しい取引だよ」

「……まあな」

なんだかんだ、俺もチキン南蛮食いたかったし。

それにしても、なんかあれだな。プルーフであんなに言い合ったのに、平和だな。

「来週からテストだね」

「いやなこと言うなよ……」

ちょっと忘れかけてたのに。平和は長くは続かないか……。

「明石くんは、成績はいいのかな？」

「全然よくない」

「どれくらい？」

「下から数えた方が早い。っていうか、下にあんまりいない」

「ふふ。そうなんだね。じゃあ、私と同じだ」

「え、マジか」

「うん、マジだよ」

御影はどういうわけか、嬉しそうだった。

いや、実は俺もちょっと嬉しかった。落ちこぼれは仲間意識が強いのだ。

「でも意外だな。お前はマジメそうなのに」

「マジメでも、苦手なものは苦手だよ。中学の頃は、そこそこできたのに」

「久世高ってそういうやつの集まりだからな。井の中の蛙、なんとやらだ」

言って、俺はヒラリと手のひらを振った。御影が拗ねたように、つんと口を尖らせる。

中学。

その言葉で、また思い出すセリフがあった。

——高校に上がってからは、なんかちょっと、雰囲気変わったかも？

——御影ちゃん、一瞬不登校っぽくなった時期があったらしい。

……思えば、俺はここ最近、ずっと志田の問題で頭がいっぱいだったな。

本当はいろんなことが、見えて、聞こえてたはずなのに。

そこになにがあるのかは、まだわからない。

でも、ちゃんと知りたいな、と思う。

もう、志田のためだけじゃなく。

「そういえば、昨日からもう、部活停止期間なんだね」

「だな。テストまで一週間切ってるし」

部活より、今は勉強。学校側はそういう意図なんだろうけど、俺の生活はいつも通りだ。すみませんね。

「明石くんは、なにか部活をやっている？」

「いや、帰宅部だよ。忙しいからな、あれで」

「ああ、そうか。あれで」

まああれ、もとい、天使の仕事がなくても、特にやりたいこともないんだけどな。

スポーツとかに情熱があるやつは、それだけでもすごいと思う。

「お前は？」

わかっていても、一応聞き返しておく。

御影が部活に入っているという話は、聞いたことがない。

「私も帰宅部だよ。いろいろ興味はあるんだけれど、結局ね」

「バイトとかもしてないのか？」

「うん。悠々自適に、毎日のんびりしてるよ。映画を見たり、おいしいものを食べたりね」

「案外普通なんだな。もっと、華やかなことしてるのかと思ってた」

「おや、どうして？」

「三大美女だから」

「ふふっ。こら、それは偏見だよ」

怒られてしまった。

偏見じゃなく、イメージだよイメージ。

でもよく考えれば、たしかに湊も普通だったな。

「バイトといえば、きみはあのカフェで働いているんだったね」

「ん、ああ。従兄弟に呼ばれたときだけな」

「それは素敵だね。楽しそうだ」

残念ながら、楽しくはない。

いや、まあ仕事自体はそれなりか。世話の焼ける店長がいるってだけで。

「じゃあ、今度遊びに行こうかな。次はちゃんと、お客さんとして」

言って、御影はふわりと頬を緩めた。

想像してみる。

制服を着た御影が、放課後に店にやって来る。

きっとひとりで、でも嬉しそうに座って、静かに紅茶でも飲んでいる。

いいな、と思う。

たまにそういう日があっても、悪くない。

「なら、またバイトの日、教えるよ」

「……うん。ありがとう」


食事が済んで、俺たちはトレーを返却口に運んだ。

まだ昼休みは少しあるが、御影との約束はあくまで、昼食を一緒に摂る、だ。

「じゃあね、明石くん。またあとで」

「おう」

小さな声で別れを告げて、御影が先に帰っていく。

その背中を、俺だけじゃなく、食堂内の多くの生徒が見ていた。

昨日もそうだったが、御影は必要以上の時間、俺を拘束するつもりはないらしかった。

普通に会話をして、昼食が終われば、あっさり解散になる。

俺を困らせようとか、振り回してやろうとか、そういう意図は感じない。

御影の目的が、そこにはないということだろう。

それどころか……御影は、ただ純粋に、楽しそうにしているように見える。

「……行くか」

少し時間を置いてから、俺も教室に向けて歩き出す。

だが、そこで妙なことに気がついた。

「……」

視線を感じる。

それも、複数の。

周りを見渡すと、サッと顔をそらしたやつが、何人かいた。

特に見覚え、というか、関わりがない顔ぶれだった。

御影と一緒にいれば、当然目立つ。それに連中からしてみれば、俺が何者なのかも当然気になるだろう。

だから、それ自体はいい。

ただ、連中の目つきがやけに冷ややかだったことだけが、俺には疑問だった。

「誰だよ、あいつ」

ふと、どこかからそんな声がした。

俺は早足で食堂を出て、さっさと教室に戻った。

◆　◆　◆

昼休みの別れ際、御影が『またあとで』と言ったのには、理由があった。

「——で、昨日から明石くんと一緒に、お昼を食べることになったというわけだよ」

「……」

「……」

放課後、屋上には俺と日浦と湊、そして御影が集まっていた。

三大美女がふたりに、プラスフォーがひとり。

こうして見ると、あまりにも贅沢な景色だ。

「やっぱり、ちゃんと自分から話しておきたくてね」という御影のセリフをきっかけに、この会合は開かれた。

参加者は挙手制。結果、このふたりがやって来たのだ。

天使とのあいだになにがあったのか。

今、どういう状況なのか。

御影はそれらを、本当に自分から話してしまった。それも、かなり詳しく。

「質問があれば、どうぞ」

柔らかい笑顔でそう言った御影に反して、日浦はジト目、湊は複雑な表情をしていた。

それから、ふたりは首をこっちに向けて、無言で俺を睨んだ。

おい、なんでだよ。

「……話はわかったけど」

湊が控えめに口を開く。

「そんなこと、聞いちゃってよかったの?」

「うん。もともと明石くんも、きみたちには今回のことを相談していたみたいだしね。どうせなら、ちゃんと理解しておいてもらった方がいい。お互いのためにもね」

「それは……そうかもしれないけど」

御影のあっさりした返答を聞いても、湊はまだ心配そうだった。

まあ、気持ちはわかる。

御影の切り替えの速さとか潔さには、俺も肩透かしを食らったからな。

プルーフで「お願いが終わったら話す」と言われたあとが、まさにそうだった。

「日浦さんも、なにか聞きたいことがあれば、答えるよ。もちろん、答えられる範囲でね」

「いや。あたしはべつに、お前の事情ってのには興味ない」

あぐらをかいていた日浦が、自分の膝で頬杖を突いて言った。

そんなことだろうと思った。

けど、じゃあなんで来たんだよ。

「ただ、ちゃんと来週には、明石返せよな」

「ぶふっ」

日浦、お前……かわいいな。今度、またアイス奢ってやろう。

まあ俺がいないと玲児とふたりだし、屋上の鍵も使えないしな。

……あれ？　もしかして鍵の方が目当てなのでは。

「うん、わかったよ。ふたつ目のお願いには、そんなに時間はかからないと思うから」

「ふん」

と、ここでさりげなく新情報が出た。

っていっても、どんな内容でもやるしかないから、実はあんまり気にしてない。

「柚月さんも、すまないね。しばらく明石くんを借りるけど、許してほしいな」

「へっ⁉　い、いいわよこんなの！　いくらでも連れてって！」

こんなのって言われてしまった。

けど、いくらでも、は勘弁してくれ。

「……きみたちは、もうすっかり仲がいいんだね」

ふとそう言って、御影は俺と湊の顔を、嬉しそうに何度か見比べた。

俺と湊の関係は、ここに集まってすぐの時点で、御影に話してあった。

天使の相談を通して友達になったこと。

俺の正体を知られないために、学校では距離を置いていること。

それでもときどき、ここや学外で会っていること。

「柚月さんに仲介を頼んだときは、ここまで親密だとは思っていなかったよ。手紙が渡せるくらいの距離感なのかどうか、心配していたくらいだ」

「いつもは、顔を晒した相手ともこうはならないよ。ただあのときは、ホントにいろいろあったからな……特例中の特例だ」

なにせ、最初からずっと対面方式だったし。

何回湊の顔に触ったことか。

「ふぅん、正体を見せることもあるんだね」

「滅多にないけど、たまにな。でも特例っていえば、今回もそうだよ」

「ふむ……けれどそうすると、先週柚月さんが私を呼び出したのにも、なにかわけがあったのかな？」

「……えっ」

御影の言葉に、思わず冷や汗が出た。

たしかに、天使が柚月湊に協力を仰いでたとすれば、御影にとってはそう考えるのが自然だ。

ただ、あの呼び出しの目的は、御影に俺のちからを使うことだった。

本当のことは話せない。

これは……誤魔化すしかない。

「ま、まあな。ちょっと……お前の様子を見たくて、湊に頼んだんだよ。悪かったな。ぶつかったのは、わざとじゃないんだが……」

「……そうか。いや、気にしてないよ」

なるべく平静を装って頷きながら、俺は顔が硬くなっている湊に目配せをした。

口裏合わせてくれるよう、あとで連絡しとかなきゃな……。

「ところで、ここにはよく来るのかな？　前にも会ったね。日浦さんと、それに三輪くんも」

「え？　ああ、俺たち三人はな。昼休みは毎日ここだ。あとはたまに、湊と藤宮も」

「ふむ、藤宮詩帆さん、だね」

ホントはもうちょっと、訪ねてくる頻度を下げてほしいんだけどな。

それこそ前の御影みたいに、急に誰か来るかもしれない。

「……ねぇ、明石くん」

「ん？」

気づけば、なぜか御影はおやつをねだる猫のような、物欲しそうな目をしていた。

「お願いがあるんだ。それに、柚月さんと日浦さんにも」

御影の言った『お願い』とは、当然、事情を話すための条件とは別物だった。

お願いが多いな、とは思ったものの、内容自体はかわいいもので。

◆　◆　◆

「おぉー。マジで来た、御影ちゃん」

「ホントだ！　御影さーん」

次の日の昼休み。

屋上には昨日のメンバーに加えて、玲児と藤宮も集まっていた。

ちょっと遅れてやって来た御影を、ふたりがテンション高めに迎える。

「みんなでお昼を食べたい」。それが、御影のお願いだった。

合計六人で、普段の倍の人数だ。

諸々のリスクを考えれば、断るという選択肢もあった。

けれど、オッケーしたときの御影の笑顔を見たら、断らなくてよかった、と思った。

まあ、一日だけって言ってたしな。それに、話を聞いた玲児と藤宮も乗り気だった。

よかったんだろう、これで。

「ありがとう。ごめんね、お邪魔してしまって」

「いーのいーの。かわいい子は大歓迎だから」

「ふふっ、そっか。かわいくてよかったよ」

御影ははにかんで、けれど慣れた様子でそう返した。

こんなセリフも、ちっとも感じ悪くならないのがすごい。

謙遜されても嫌味っぽくなりそうだし、これが正解なのかもしれないな。

そもそも圧倒的事実だから、誰も文句は言えないし。

「ちゃんとお話ししてみたかったんだぁ。よろしくね、御影さん」

「うん、私もだよ。藤宮さん」

そしてこの愛想のよさ。セリフが嘘くさくないし、それによく笑う。

きっと御影は、筋金入りの人気者なんだろう。

ちなみに、玲児と藤宮にも今回の事情は話してある。

ただ、今日はのんびり昼メシが食えればいいということで、ややこしい話はしない方針だ。

「日浦さんと柚月さんも、昨日ぶりだね。ありがとう、連日」

「ええ、気にしないで」

「んー」

しっかり言葉を返す湊に対して、日浦はもうパンを齧り始めていた。

相変わらずのマイペース娘め。

「明石くんも」

「ん？」

「ありがとう。わがままを聞いてくれて」

「……いいよ」

正面からそう言われて、思わず顔をそらしてしまった。

あらためて、美人の眼差しと笑顔は破壊力がやばい。いろんな意味で。

「あれ？　湊、なんか怒ってる？」

「怒ってないわ」

挨拶こそ大仰だったけれど、やることはただの食事なわけで。

「明石くん、テスト勉強してるの？」

「してない」

「あ、即答した」

「伊緒はいっつも赤点ギリギリだからなー」

「玲児に言われたくはない」

俺たちは間近に迫ったテストについて話しながら、各々持ってきた昼メシを食べた。

パン派の俺、日浦、湊。藤宮は弁当で、玲児が今日はコンビニおにぎり。御影はサンドイッチを持ってきていた。

「土日に日浦塾があるからな。それで逆転できる」

「そんな塾、あたしは知らないぞ」

「えっ……ま、またまたぁ。優しい日浦さんが見捨てるわけが」

俺の命綱なんだ。頼むぞ、マジで。

「毎回世話してる方の身にもなれ」

「え、日浦塾、私も行きたいなぁ」

「あれ？　もしかして、藤宮ちゃんもテストヤバい系？」

「詩帆はヤバいわよ。こう見えて」

湊が淡々と言う。

まさかの事実だ。藤宮、優等生っぽいのに。

「だけど、私もヤバいよ」

「えぇーっ。御影さん、ホントに？」

「うん。まだ補習になったことはないけれど、今回はあり得るね」

深刻なことを言いながらも、御影は笑顔だった。

もう慣れてる俺でも、あそこまで肝は据わってない。大物だな、ありゃ。

「ってゆーか柚月がいんだから、柚月塾の方がいいだろ」

「柚月塾は先生が厳しいのです……鬼です」

「詩帆、あなたもう退塾ね。残念だわ」

「えぇっ⁉ 待ってよ湊！ 冗談だってば！ ね！」

「知らない」

ツンっとそっぽを向いて、湊が返す。

藤宮が相手だと、湊もわりと対応が雑だ。ちょっと新鮮な気持ちになる。

「でも、日浦塾よりやる気出そうだなー。こっちは先生がじゃじゃ馬だから」

「三輪、お前ももう退塾な。あと明石も」

「なんで俺まで！」

頷いてただけなのに！ いや、頷いてたからか。

「ふっ……ふふふ」

俺たちのバカみたいな笑い声が止んで、喧騒がちょうど落ち着いた頃。

押し殺して、でもどうしても漏れてしまったような、かすかな声がした。

「あははっ……くふっ、ふふ」

御影がお腹と口に手を当てて、小さく肩を震わせていた。

よく見ると、目尻に涙まで溜まっている。どうやら笑いを堪えているらしい。

貴重なものを見たような気がして、俺たちはみんなして顔を見合わせた。

「うーん。御影ちゃん、苦しそうだ」

「つぼ浅いな、こいつ」

「私たちのボケが優秀だったんじゃない？」

「あら、退塾はボケじゃないわよ」

「湊先生⁉　私は永遠の生徒だよっ⁉」

「くふふっ……も、もうやめてくれ……ふふっ」

藤宮の勢いのいいセリフで、御影はまた笑いをぶり返していた。さっきから、サンドイッチがちっとも減っていない。

たしかに、つぼが浅い。

「……はぁ。きみたちは、本当におもしろいね。頰が痛くなってしまったよ、もう」

「でも、御影さんがそんなに笑ってるの、初めて見たかも」

「私も久しぶりだよ。普段はこんなふうに、大勢で話したりしないからね」

言いながらも、御影はまだ少しだけ口元がニヤけていた。

御影のセリフの後半部分については、誰も触れなかった。きっと、みんな勘を働かせてくれてるんだと思う。

その後はまた他愛のない話をして、昼休みの時間は過ぎていった。

もうすぐ五限の予鈴が鳴る、というところで、御影はひとり、すっくと立ち上がった。

「それじゃあ、私は先に戻るね。とても、楽しかったよ」

「うんっ。こちらこそ」

「寂しいなー。明日からも来ればいいのに」

玲児が気楽そうに、頭の後ろで手を組んで言った。

御影は薄く笑って、少し間を開けてから答えた。

「ううん。そう言ってくれるのは嬉しいけれど、やめておくよ。ダメなんだ、わけあってね」

その言葉には、もう誰も質問を返さなかった。

みんな素直に、でもどこか名残惜しそうに頷いていた。

「じゃあね。本当にありがとう」

ひまわりみたいに明るく笑って、御影がくるりと背中を向ける。

背筋をピンと伸ばしたまま、早足で屋上を出ていった。

残された俺たちは、なんとなくなにも話さずに、予鈴が鳴るのを待っていた。

御影のお願いが終わるまで、あと二日だ。

◆　◆　◆

木曜日。

今日はまた、御影とふたりで食堂だった。

俺はアジフライ定食、御影は親子丼を注文して、向かい合ってのんびり食べた。

例によって、目立っている。しかも、目の前には綺麗すぎる御影の顔。

だが四日目にもなると、さすがにちょっと慣れた気がした。

「それにしても、きみも隅に置けないね」

出し抜けに、御影がそんなことを言った。

こいつには珍しい、ニヤニヤした笑みだった。

「……どういう意味だよ」

「柚月さん、藤宮さん、日浦さん。あんなにかわいい女の子の友達が、三人もいるなんて」

「……」

否定しようにも否定できず、俺は黙ってアジフライを囓った。

シャクリという音が、なんだかマヌケに響いて、恥ずかしかった。

「三大美女とプラスフォー、それに藤宮さんも素敵だ。贅沢な男だね、きみは」

正直それについては、御影の言う通りだと思う。

贅沢というと変だが、要するに、俺は不釣り合いに美少女に囲まれてしまっているのだ。

っていうか、この状況に釣り合うやつなんて、そう簡単にいてたまるか。

「でも、玲児もだろ」

「彼は……うん、きみとはちょっと違うかな」

「……なにが違うんだ」

「うぅん……口ではうまく説明できないな」

御影は首を捻って、遠くの方に視線を投げた。

結局、よくわからん……。

「……なあ、御影」

「ん、なにかな？」

聞いていいものか、少し迷った。

だが、御影なら大丈夫かな、とも思った。

「お前は……どう思ってるんだ？　三大美女、っていう肩書きについて」

それに、御影がこの質問にどう答えるのか、俺はそれが聞いてみたかったのだ。

「どう、というと？」

「ほら……三大美女に選ばれて、それで困ることとか、不便なこともあるだろ？」

同じ三大美女の湊も、プラスフォーの日浦も、あまりその立場を気に入っていない。

特に湊は、そのせいで悪意の標的にもされたくらいだ。

男女問わず、久世高生の憧れ。とはいえ、デメリットも少なくない。

御影はそこのところを、どう思っているのだろう。

「ふむ……たしかに、そういう一面もあるね」

「……」

「だけど私は、この肩書きが好きだよ。できれば、手放したくない」

「そうなのか……」

それはまた、あいつらとは正反対だな。

でもよく考えれば、あのギャル、山吹歌恋も、三大美女に執着してた。

けっこう、意見が分かれるところなのかもしれない。

「どういう決め方なのかはわからないけれど、私の魅力を評価して選んでくれたわけだからね。それに、柚月さんや十和さんと並べてもらえるのは、すごく光栄だよ」

御影がしみじみ言う。

十和というのは、三大美女に君臨する三年の女子のことだ。

「お前くらい美人でも、そういうこと思うんだな……」

「もちろん。自分でこだわっているところを人に認めてもらえると、嬉しくなってしまうものだろう？　やった、頑張ってよかった、って」

「……こだわってるのか？　そこに」

「うん」

俺の質問に、御影はすぐに頷いた。

表情にも、声にも、なんのためらいもなかった。

「だって、魅力(みりょく)的でいたいからね。外見も、内面も」

「……」

「人に、好きになってもらえるように。なにより、自分で自分を、好きでいられるように」

「……お前は」

——自分が好きでいられるような自分でいたい、って思うの。

「ん……どうしたのかな、明石(あかし)くん」

「……いや、なんでもないよ」

記憶(きおく)が、声が、フラッシュバックした。

屋上から見えたあの日の空と、あいつの笑顔(えがお)が浮(う)かんだ。

なんでもないなんて、嘘(うそ)だ。

それはあいつと……彩羽(あやは)と、同じ考え方だった。

そして、俺を救ってくれた言葉だった。

——きっとその方が、毎日楽しいもん。

それまで、俺は自分のちからが大嫌(だいきら)いで。

ちからを正しく使えない自分のことも、心の底からいやで。
——いいことかどうか、決めるのは自分でしょ。
でも、あいつがそう言ってくれたから。
だから、俺は。
「……」
御影。
思わず、声に出そうになった。
御影。
お前が、そう思っているなら。
その言葉の通りに、生きようとしているなら。
だったら、どうしてそんなに、お前は——。
「御影さーん」
「……えっ」
突然、聞き覚えのない声が、横から飛んできた。
ぼやけていた周囲の景色が、再び輪郭を取り戻す。
夢から覚めたみたいに、頭が一気に現実に引き戻された。
テーブルのすぐそばに、見慣れない男子と女子がふたりずつ、固まって立っていた。

「やあ、こんにちは」

「やっほー。久しぶりだねー」

「うん。クラス替えがあってからは、話すのは初めてかな」

御影はすぐに笑顔になって、リーダー格らしい女子に応じていた。

四人とも、派手な見た目だった。

制服の着崩し方や化粧の感じ、それに全体的な雰囲気で、クラスの中心にいるタイプのグループだとわかる。

御影の口ぶりから察するに、去年のクラスメイトかなにかだろう。

「そうだよー。離れちゃったもんね」

「御影、今十組だっけ」

「あー、通りであんまり見ないわけだ」

徐々にほかのやつらも話に混ざり始め、御影の周囲が一時的に騒がしくなる。

しばらくかかりそうなので、俺は黙って箸を進めることにした。

……のだが。

「で、なにしてるの？」

そう尋ねたリーダー格の女子は、なぜか御影ではなく、俺の方を見ていた。

値踏みするような、威嚇するような目だった。

「ちょっと、彼とお昼をね」

「……ふーん。誰？」

また、俺に向けて言う。

日頃から日浦に睨まれてるおかげで、目つきに怯んだりはしない。

ただ、理由がいまいちわからなかった。

「八組の明石くんだよ」

「明石……。仲いいの？　最近よく一緒にいるよね」

「うん。共通の話題があって、その話をしてるんだ」

「へーぇ。変なの」

今度は明らかに、不服そうな顔をされた。

後ろにいる残りの三人も同様に、怪訝さを隠す様子もなかった。

「……ま、いいや。じゃあね御影さん。また、私たちとも遊ぼうよ」

「ああ、そうだね。それじゃあ」

それっきり、連中はどこかへ去っていった。

周りのやつらの視線が、それまでよりも多く、こっちへ向いているような気がした。

「食べようか」

「……だな」

今起きたことについて、俺と御影は最後まで、なにも話さなかった。

あいつらが用があったのは、たぶん御影じゃなく、俺の方だった。

食堂を出るとき、誰かと肩がぶつかって、転びそうになった。

◆　◆　◆

そして、御影からのお願い、最終日。

教室に入ってすぐに、違和感があった。

ドアをくぐったときに浴びるあの一瞬の注目が、今日は普段よりも長かった。

「……ふぅ」

俺はそのまま自分の席に座って、再読中の『このみ朽流』の文庫を開いた。

本の文字を目で追いながら、御影のことを考えた。

それから少しだけ、彩羽のことも思い出した。

昼休みになると、また御影が教室まで迎えにきた。

どことなく、表情が暗いように思えた。

「やあ、明石くん」

「おう」

「……じゃあ、行こうか」

頷いて、俺は椅子から立ち上がった。

だがそのとき、突然俺たちのあいだに、小柄な人影が押し入ってきた。

日浦だった。

「よう、御影」

「日浦さん……なにかな?」

日浦は俺に背を向けて、御影の顔をずいっと見上げた。

声のトーンが重く、アホ毛がツノみたいに尖って見えた。

「今日はあたしも行く」

「……ごめんね。ダメなんだ。悪いけれど」

「やだね。ついてく」

日浦は姿勢をさらに低くして、怒った猫のように唸った。

ここからじゃ後頭部しか見えないが、たぶん、ガルルと八重歯を剝いているんだろう。

「これは、私と明石くんの問題だよ」

「そんなのが通用すると思ってんのか。明石の問題はあたしにも関係あんだよ」

教室の中が、だんだんざわついてくるのがわかった。

三大美女とプラスフォーの口論ともなれば、まあこうなるのも当然だ。

なぜ日浦が来たのか。

それが俺には、そして御影にも、きっとわかっていた。

「日浦」

「……なんだよ」

俺が頭に手を乗せると、日浦はわずかに怒気を収めて、こっちを向いた。

こうして見ると、ホントに人間嫌いの野良猫みたいだった。

「大丈夫だよ。今日までだから」

「……あたしは、お前を心配してるんだぞ」

「ああ、わかってるよ。ありがとな」

日浦は俺の顔をじっと見て、しばらく黙った。

それから、「ふんっ」と荒く鼻を鳴らして、俺の手を振り払う。

「んじゃ、もう知らん」

ゆっくりと首を振りながら、日浦は自分の席に戻っていった。

俺と御影は顔を見合わせて、まだ多少騒がしい教室を、逃げるように出た。

「日浦さんは、本当にきみのことが好きなんだね」

定食のトレーをテーブルに置いてすぐ、御影が言った。

「……ああ見えて、けっこうお節介だからな、あいつは」

「だけど、まさか『心配してる』なんて、そのまま口にするとは思っていなかったよ」

「それはまあ、俺もだ」

日浦の言葉には、よくも悪くも裏表がない。

つまり、本当に心配をかけてしまっている、ってことだ。

一段落したら、謝らなきゃな。

「最後だね」

「最後だな」

御影の短いセリフに、俺も短く答えた。

一週間、正確には五日。

毎日一緒に昼食を摂る、という御影の出した条件は、これで終わりだ。

「ありがとう。楽しい時間だったよ」

「おう」

この期間、いろいろあったし、いろいろ話した。

目的はあくまで、御影が志田の告白を拒む理由を、聞き出すこと。

ただでさえ、ひどい遠回りだ。志田だって、待ちくたびれているだろう。

なのに俺は、今ではもう、それだけでいいとは思えなくなっていた。

「明石くんは？」

「……」

「どうだった？　楽しかったかな？」

知ってしまったから。

御影冴華という少女のことを。

こいつが、底なしにいいやつなのだということを。

「……まあ、それなりに」

そしてこれから、俺はきっともっと、ちゃんと御影のことを知ることになる。

そのとき、俺にはなにができるだろうか。

どうするのが、正しいのだろうか。

今はまだ、わからない。話を聞くまでは、なにも。

けれど。

「ふふっ、そっか。それはよかったよ」

けれど、なにもかもが、うまくいってほしい。

御影も、志田も、幸せになれたらいい。

俺のやってることが、間違いじゃなければいい。

そんなふうに願うことくらいは、許されるんじゃないかと思った。

「日曜日の夜に、またメールをするね。ふたつ目のお願いについて」

「……わかった」

「それまでは、好きに過ごしてくれていいよ。準備してもらうことは、特になにもないから」

「了解(りょうかい)。待ってるよ」

「……ああ、でもそうだね」

「ん？」

「テスト勉強だけは、しっかりしておいてほしいな。でないと、申し訳ないから」

——第五章—— だから、ただの友達に

週明け、月曜日。期末考査一日目は、現代文と数学Bだった。

『山月記』の漢文みたいな文章で虎と戯れ、空間ベクトルで適当に矢印を書きまくっているうちに、終業のチャイムが鳴った。

たぶん、補習ではない、はずだ。

いや、運がよければセーフ、かもしれない。

「明石ー」

「ああ、日浦か」

余裕そうな顔しやがって……。

ちなみに、今さらながら日浦は成績がいい。湊ほどではないにしても、いつもかなり上位だ。なんでなんだ。

「お前、もう自由だろ。メシ行くぞメシ」

カバンを背負った日浦は、俺のシャツを摑んでクイクイと引っ張ってきた。少し遅れて、玲児もあくびをしながら合流する。

普段なら、帰りに三人でどこかへ寄って、家に着いたらちょっとだけ勉強。

そんな感じになるんだろうけれど。

「悪い。今日もダメなんだ」

「えぇー。なんだよ、またかよ！」

「御影ちゃん？」

「そうだよ。けど、あんまりでかい声で言うなよ……」

周りに聞こえたら厄介だろ、いろいろと。

「これで最後だから、許してくれ。な？」

「……絶対だぞ」

「おう、絶対な」

そう答えると、日浦は俺のシャツをピャッと手放した。

まるで、飽きたおもちゃを捨てる子どもみたいだった。

先に教室を出ていったふたりを見送ってから、スマホを開く。

受信フォルダの一番上。昨日の夜送られてきた御影のメールを、もう一度確認した。

『明日、放課後の時間を全部、私にくれないかな』

俺は一度家に帰って、すぐに私服に着替えた。

最低限の荷物をカバンに入れて、また家を出る。大津駅まで歩いて、電車に乗った。

『京都駅で待ち合わせ』

最新のメールには、それだけが書かれていた。

電車が駅に着いて、ドアが音を立てて開いた。

ホームに出て、またスマホを見る。どの改札で落ち合うのか、まだ聞いていない。

「やあ、明石くん」

「……」

突然名前を呼ばれて、顔を上げる。

身体の後ろで手を組んで、嬉しそうに笑って。

私服姿の御影冴華が、俺の前に立っていた。

肩が見えるタイプの、涼しげな白いブラウス。ウエストがキュッと締まった、落ち着いた色味の赤いフレアスカートからは、長くて細い足がスッと伸びている。

かわいらしさと大人っぽさが合わさって、以前プルーフで会ったときのラフな格好とは、ずいぶん印象が違う。それに、普段にも増してスタイルがよく見えた。

御影は一度ウィンクをして、全身を見せびらかすようにくるりと回った。

スカートが広がり、髪が流れる。

白い太ももが露わになって、かすかに甘い匂いがした。

途端、俺はぐらりと意識が揺れるのを感じた。思わず、フイッと顔をそらしてしまう。

「あ、ダメだよ、ちゃんと見てくれなきゃ。きみのために選んだのに」

「……無茶言うな」

そのセリフも合わせて、刺激が強すぎるんだよ……。

「早かったね。もう少し待つと思っていた」

「お前こそ、もういたのか」

たしか御影の方が、俺より家が遠いはずなのに。

「せっかくのデートだからね。張り切って、急いでしまったよ」

「でっ……」

デート……なのか、これ。

「男と女が、ふたりきりで出かけるんだ。デートに決まってる」

「べつに決まってないだろ……」

そんなこと言ったら、俺と日浦はしょっちゅうデートだ。

いや、そんなことよりも……。

「さあ、行こう明石くん。こっちだよ」

「あ、おいっ」

戸惑っている俺を尻目に、御影はさっさと歩き出した。

跳ねるようにして階段を上る。そして、今度はひとつ隣のホームへ、また下りていく。

その背中を追いかけながら、思った。

これは、もしかして……。

「よかった、すぐに来そうだね」

「まさか……また電車乗るのか？」

「うん。ここじゃあ、誰かに見られてしまうかもしれないから」

「……どこ行くんだよ」

「さて、どこでしょう」

ふふっと笑って、御影はまたウィンクをした。

こいつ……さっきからわざと俺を振り回してないか？

……まあいいか。どうせ、今日は一日ついていくことになってるんだし。

「ところで、御影」

「ん、なにかな？」

「さっき……デートって言ったな」

「うん。言ったね」

言ったね、じゃねぇだろ……。

「……事情は、お前が話すまでは聞かない。けど、たとえホントは好きじゃなくたって、響希と付き合ってるのは変わらないんだ。なのにデートっていうのは……さすがによくないだろ」

　時間を渡す、ってことになってるとはいえ、こんな浮気みたいなのに付き合わされるのは御免だし、見逃せない。

　いや、でも御影なら、それくらいはわかってそうなんだけどな……。

「大丈夫だよ、それは」

「……大丈夫って、お前——」

「響希くんは、いないから」

「……は？」

　いない？

　いないって、なんだ？

　俺の頭が、疑問符でいっぱいになる。

　御影は困ったように眉を下げて、俺を見ている。

　そこでちょうど、ホームに電車が入ってきた。新快速、姫路行き。

　ドアが開いて、御影がぴょんっと車両に跳び乗る。

　こっちに身体を向けて、言った。

「行こう。ね、明石くん」

「響希くんは、私が作った架空の男の子なんだよ」

平日の昼間というのもあってか、中は思ったより空いていた。

ふたり横並びの席に座って、俺は御影の話を黙って聞いた。

「人物像と、私との関係と、名前。それらを考えて、私の好きな人になってもらった。いわば、キャラクターだね。作りものとはいえ、大変な役目を負わせて申し訳なかったな」

ガタン、ガタンという音に合わせて、車両が緩やかに揺れる。

不意に御影と肩が触れ合って、俺は身体を反対側に少し寄せた。

「でも、ちょっと設定を欲張りすぎたかな。できるだけハイスペックにしたかったんだけれど、加減が難しいね」

御影の口から、疲れたような苦笑が漏れた。

幼馴染で、イケメンで、優しくて。通ってる大学も優秀で、モデルをやっていて。

聞いたときは、御影の好きな相手なら、と思った。

けど作りものだって言われると、急に、そりゃそうだよなと思えてくる。

「……だから、気にしなくていいよ。浮気にはならない。大丈夫さ」

——だから。

だから御影の顔に触れても、なにも見えなかったんだ。

響希のことは、好きじゃないから。

響希なんて、いないから。

御影の恋人は偽装じゃなく、架空だったんだ。

「……そういうことか」

「うん。ごめんね、天使。本当にごめん。私の嘘で、きみの思いやりを無駄にして」

御影の声は、いつの間にかひどく弱々しくなっていた。

向かい合った席じゃなくてよかった。

御影がどんな顔をしているのか、見なくて済んでよかった。

「そして……もうひとつごめんね。私がこんなことをした理由も、最後にまとめて話すから。それまでは……見逃してほしい」

「……いいよ。もともと、そういう約束だ。それに、響希のことを話さないと、俺を納得させられなかったんだろ」

電車がトンネルに入って、窓の外が暗くなる。

ゴォオオっという喧しい音が、ずっと鼓膜に響いていた。

「……ありがとう」

御影の声が震えていたのは、たぶん、電車の揺れのせいだった。

電車はゆっくりスピードを落としながら、高すぎるビル群に囲まれた大阪駅に入った。

御影いわく、ここが今日の目的地らしい。

降りる乗客たちについてホームに出ると、すぐに人波に流されそうになった。少し離れてしまった御影に、手を挙げて合図を送る。

先に物陰に辿り着いて待っていると、御影がスルスルと人混みを抜けてきた。

「無事に着いたね」

「それにしてもデカいな、大阪駅……」

「うん。人も多いし、ワクワクしてきたよ」

御影はもう、すっかりいつもの調子を取り戻していた。好奇心の溢れる目で、あたりをキョロキョロ見渡している。

天井はドームのような屋根になっており、ガラス張りの連絡通路がホームの上を横切っていた。その通路と、それから地下に向かって、何本もエスカレーターが延びている。

広さと複雑さを同時に感じて、すでに混乱しそうだった。

京都駅もそれなりだと思ってたが、どうやら甘かったらしいな……。

「それで、これからどうするんだ？」

「ふふん。実は、なにも決めていないんだよ」

「えぇ……しかも、なんで得意げなんだ」

ここまで来て、無計画とは……。

御影もこのあたりは初めてだって言ってたし、大丈夫なのか？

「だって、調べてもスポットやお店が多すぎて、よくわからなかったんだよ。いっそ直感で歩き回ってみてもいいかなって」

「……まあ、お前に任せるよ。今日は、そういう日だからな」

「うん。任せてほしいな」

「全然頼もしくないな……」

とりあえずホームから出よう、ということで、俺たちは一番近いエスカレーターを下った。

乗り越し精算をして、中央改札をふたりで抜ける。

すると、さっそく北出口方面と南出口方面に道が分かれ、御影は立ち止まった。

「うーん。どっちがいいと思う？」

「さっき任せたばっかりだぞ」

「任された結果、ここは明石くんの意見を聞くことに決めたんだ」

「じゃあ、お前に任せる」

「もうっ、意地悪だね」

御影は何度か首を左右に往復させ、腕を組んでまたうーんと唸った。

だがしばらくすると、北口の方に身体を向けてずんずん歩き出す。

どうやら決まったらしい。

「おお、またエスカレーターだね」

「しかも、かなり上まであるな……」

すぐに行き当たった場所は、『ルクア』と『ルクア・イーレ』という、なにが違うのかよくわからないふたつの建物に挟まれていた。

そこからさらに、エスカレーター、出口、乗り換えルートと選択肢がいくつもあった。

あらためて、混乱してきた。

「明石くん、こういうときはね」

「こういうときは？」

「一度上まで行って、そこから全体を見るんだよ」

「バカと煙は高いところが好きらしいぞ」

「へぇ、私は煙だったのか。気楽そうでいいね」

「たしかに気楽そうだな、お前は」

御影がクスクス笑う。

それが止むと、いたずらっ子みたいな顔でこっちを見て、急に俺の手を摑んだ。

「お、おいっ！」

「ほら、行くよ明石くんっ」

柔らか……じゃなく、少し熱い御影の手に引かれて、俺はエスカレーターに乗った。

ただ、前後に並んで手を繋いでいると、なんだか姉に連れられた弟みたいに見えて、ちょっと強引に振り払った。

名残り惜しい、という気持ちもゼロではないが、こうしないとこの先がマズい気がしたので、英断だと信じることにする。

「おや、遠慮しなくていいのに」

「遠慮の意味がわからん……」

「せっかくの美少女の手だよ」

「……」

前言撤回。

間違いなく、英断だった。

「おお、こんな高いところに広場があるんだね」

エスカレーターを進むと、『時空の広場』というところに出た。

名前もそうだが、金色のポール時計が建てられていて、なんだか不思議な空間だ。

待ち合わせっぽい人たちが多く、ベンチもたくさん設置されている。

「あ、遠くに観覧車が見えるね」

「ホントだ……。しかもめちゃくちゃ赤いな」

「……いや、ヘップファイブっていうショッピングモールらしい。観覧車が名物なんだと」

もちろん、今スマホから得た情報だ。

派手なイオンみたいなもんだろ、たぶん。

「ふぅ、ちょっと休憩しようか」

近くの椅子に腰掛けながら、御影が言った。

「早いな、休憩」

「身体は元気なんだけれど、人混みと高低差に気疲れしてしまってね」

「まあ、わかるけどな」

頷きながら、御影の隣に座る。

高いせいか、適度に涼しくて気分がよかった。

「今日は一日、遊ぶだけか？」

「うん。テストの日の放課後に大阪にいるなんて、なんだか不良高校生みたいだね」

「不良ね……。っていうか、だから土日は勉強しとけって言ってたのか」

「そういうことだよ。明日の科目の勉強が、今日できないからね」

「お前はしたのか？　勉強」

「してない」

「残念、俺も」

大阪(おおさか)になんて来てなくても、俺たちは不良、というか、ダメな高校生なんだろう。

「きみの友達は、なんだか不思議な人たちだね」

御影(みかげ)は不意に、そんな話題を出した。

「不思議？」

その表現は、それこそ不思議だな。まあ、変なやつらだとは思うけれど。

あの四人の中だと、一番まともなのは藤宮(ふじみや)か……いや、でもあいつもなぁ。

「それに、きみもね」

「……どこがだよ」

否定はできなかった。それに、理由も大方予想がつく。

ただ、素直(すなお)に認めるのは癪(しゃく)だった。

御影(みかげ)は思いのほか真剣(しんけん)そうな目つきになって、ゆっくり答えた。

「みんな、私が相手なのに、自然だったからね」

「……」

それは……。

「覚えているかな。私がきみを、女だと思っていたこと。それから、そのわけも」

「……ああ。覚えてるよ」

なにせ、インパクトあったからな。

「お前に気に入られよう、っていう雰囲気が、俺にはなかったんだろ？」

「うん」

「で、あいつらも同じだった？」

「そうだね」

前回と違って、御影の声には後ろめたさも、慎重さもなくなっていた。

だが、やっぱり感じが悪いとは思わなかった。

御影はあの日、こうも言っていた。

『経験上、そういうことが多かった』。

きっとその通りなんだろう。俺の感想は、今でも同じだ。

むしろ、御影と関わる時間が増えて、ますますそう思う。

「たしかにあいつらは……まあ、主に日浦と玲児だけど、誰にでもあんな感じだからな。日浦なんかは、そのせいで恐れられてるし」

「ふふっ、そうなんだね。日浦さん、かわいくていい子なのに」

「それに、湊は自分が三大美女だし、藤宮はああ見えて度胸あるし、お前が相手でも、あんまり気負いとかないのかもな」

「……そっか」

御影が短く答えた。

それから視線を観覧車の方に向けて、やけに無感情な横顔で、しばらくなにも言わない。

「楽しかったんだよ」

「……ん」

「みんなでご飯を食べた、あの屋上の昼休みが。……本当に、本当に楽しくて――」

まだ続きがありそうだったのに、御影はそこでまた黙ってしまった。

あのときの御影の笑い声が、耳の奥でもう一度聞こえた気がした。

時空の広場からは、まださらに上があるらしかった。

が、これ以上進むと帰ってこられなさそうだったので、ここで引き返すことにした。

「お昼ご飯が食べたいね」

その御影の提案に、俺は全面的に賛成だった。

なにせ、テストが終わってからなにも食べてない。店なんていくらでもあるだろうし、どこかに入ってしまおう。

と、思ったのだが。

「……どこがおいしいんだろうね」

「わからん……数が多すぎる」

歩けば歩くほど、昼メシの選択肢は際限なく増えていった。

いわゆるレストランだけじゃなく、カフェや食べ歩き用の店が、無数に目の前に現れる。

「パスタもいいね……あ、ハンバーガーもあるよ。あっちは和食だね……！」

「寿司、定食、焼きたてパンもある……なにが正解なんだ」

目に映るものを念仏みたいに唱えながら、俺と御影はふらふらと駅の中を歩いた。

っていうか、ここはまだ駅なのか？　どこまでが駅なんだ？

そして、今俺たちは地下にいるのか？　地上？　どっちから来たんだ？

わけがわからなくなりつつも、とりあえず御影の先導で進んでいく。

ゴディバのカフェを初めて見た。小さくても雰囲気のいい本屋を覗いた。

テレビで紹介されてたラーメン屋を見つけた。滋賀にあるやつの八倍くらいデカいダイソーに入った。これまた巨大すぎるヨドバシカメラを見上げた。

地下にも地上にも、ちゃんと見ればそこだけで何時間でも潰せてしまいそうな場所ばかり。

なのに、みんな迷わず早足で通り過ぎていく。

これが大阪か……。

「滋賀って、やっぱり田舎だったんだな……」

「そうだね……。なんだかんだ、けっこう栄えてるんだと思っていたよ」

目が回りそうになりながら、俺たちは一旦車道沿いの柱に寄りかかった。

ふらっとたどり着いた場所だが、空が見えるおかげでなんとなく安心する。

ひとまず、休憩だ。さっき休んだだろ、なんて言ってくれるなよ……。

「あ」

横にいた御影が声を上げた。

見ると、そばの手すりの前で、ギターを持った女の人が、アンプを置いて歌を歌い始めた。

これは、たぶん路上ライブというやつだろう。

「aiko の曲だね」

「……おお、そうだな」

あまり聞いている人は多くなかった。

けれど、その人は幸せそうに歌っていた。

「aiko、いいよな。たまに聞くよ」

なにせ、恋愛ソングの女王だからな。まあ、女性視点が多いけども。

「うん。私も好きだよ。ちょっと古いのかもしれないけれど」

「まだ新曲も出してるしな。ただ、周りで聞いてるやつは少ないな」

「素敵なのにね」

「最高だよな」

それからは、しばらく静かに歌を聞いていた。

『アンドロメダ』が終わって、『メロンソーダ』が始まる。

自然と目が細まって、俺はそのまま瞼を閉じた。

頭の中で歌を口ずさんでいると、御影が言った。

「メロディもいいけれど、私は恋をしたことがないから、歌詞が新鮮だよ」

「……そうか」

それはまた、意外……ってこともないか。

「うん。響希くんはノーカウントだろうしね」

おかしそうに、それでいて自嘲気味な声で、御影は笑う。

「きみは？」

「……」

「明石くんは、恋をしている？」

すぐには、答えられなかった。

なんて答えれば嘘にならないのか、わからなかった。

……いや、本当はわかっていた。けれど、そうするのが少し、怖かった。

「ああ……してるよ」

「へぇ。そうか、やっぱりね」

「……やっぱりって言うな」

でも……俺もノーカウントなのかもしれないな。


結局、考えれば考えるほどドツボにハマる、ということで。

俺たちは阪急三番街という地下のレストラン街で、思い切って目の前の蕎麦屋に入った。

注文を取った店員の女の人は、御影の顔を二度見していた。ついでに、俺のことも見た。

あの人がなにを考えてたのか、手に取るようにわかる。

美人すぎる御影と、そいつとふたりでいる、普通な俺。そりゃそんな顔にもなる。

外の喧騒から切り離されたように静かな店内で、ふたりで天ぷらつきのざる蕎麦を食べた。

遅めの昼食は胃に沁みて、やたらとうまかった。

箸を置いて、お茶をひと口飲んでから、御影が言った。

「すごいね、ここは。本当に迷ってしまいそうだよ」

「だな。正直来る前は、京都駅とそんなに変わらないのかと思ってた」

実際はどうなのか知らないが、体感だと向こうより三倍くらい広い。

それになにより、道がわかりにくい。

「この辺りは、『梅田ダンジョン』と呼ばれているそうだよ」

「ダンジョン？」

「広いし、入り組んでいるからだって。話によると、『梅田』という駅がいくつもあるらしい。

梅田、阪急梅田、阪神梅田、西梅田、東梅田。ややこしいね」

「ああ……なんか『梅田で待ち合わせ』って言うと永遠に会えない、みたいな話、聞いたことある気がするな……」

ただでさえ複雑なつくりなのに、どこの梅田だよ、ってなるんだろう。

「しかも、入るたびに道が変わるんだとか」

「道が？」

なんだその、迷いの森みたいなシステムは。

「改装や工事が多くて、一部のルートが使えなくなったりすることがよくあるそうだよ。入るたびに道が違う。だからこその、ダンジョン」

「な、なるほどな……」

なんでこんな怪物を生み出してしまったのやら……。

「だけど、楽しいね。予定を決めておかなくて、かえってよかったかもしれない」

御影は天ぷらの最後のかけらを口に入れ、満足そうに頷いていた。

「明石くんは、どうして天使をやっているのかな？」

ふたりとも蕎麦を食べ終えて、そろそろ出るかというところで、御影がそう切り出した。

「……まあ、ただの趣味だよ」

嘘は言っていない、はずだ。

けれどよく考えれば、こんなのはただのその場凌ぎでしかなかった。

「なにか、きっかけがあったのかな？」

「……」

「それに、原動力は？　私の相談を受けていたときのきみは、きっと当事者の私なんかより、ずっと本気だった。趣味というだけで、あんなに真剣になれるとは思えないよ」

「……」

「言いたくないこと……なんだね」

俺の顔を覗き込むように、御影がテーブルに少し身を乗り出した。

「……すまん」

「ううん、いいよ。人間、そういうものさ。だから本当は、私だって言いたくない」

「……そうだよな」

気持ちはわかる、なんて言ってたくせに。

なのに、俺はこうして御影に、事情を話させようとしている。

「ふふっ。でも、もう約束したからね。熱意に負けた、というやつだよ」

御影の言葉を聞いても、俺の気持ちは晴れなかった。

今さらだろ、バカ。

全部わかってて、お前はこうして、しつこく無理を押し付けてるんだろ。

「……だけど、もしかしたらそれだけじゃないのかもしれない」

「えっ……」

「言いたくないというのと……話すのが怖いというのは、似ているけれど違うからね」

「……そうだな」

「私は……どっちなんだろう」

御影は綺麗すぎる横顔を俺の方に向けて、店の外を遠い目で見つめていた。

思わず心の中で、せめて、と声が漏れる。

せめて、御影が——。

「お前が……話してよかったって、思えたらいいな。俺が言えた義理じゃ、ないのかもしれないけど」

「……ううん。ありがとう」


それから、俺たちはまた御影の気まぐれに任せて、地下街をさまよった。

周囲を眺めながら歩いていると、すれ違う通行人たちが、頻繁に御影の方をチラチラ見ていることに、俺は気がついた。

さっきの蕎麦屋の店員もそうだったが、やっぱり御影はすごいらしい。

ただ、御影に見惚れる視線の中には、俺に明らかな敵意を向けてくるものも、少なからず混ざっていた。

すみませんね、平凡で。俺だって、釣り合ってないのはわかってるよ。

そんなふうに多少ムカつきながらも、御影のあとをついていく。

途中、ミスドでドーナツをひとつずつ買って、イートインで食べた。

いつの間にか周囲の壁の色が赤くなっていた頃、俺はふと近くの案内版を見た。

「……あ、ここヘップファイブだぞ。地下だけど」

「それって、あの観覧車があった？　たしか、ショッピングモールなんだったね」

御影はエスカレータの麓まで歩いて、上階を覗き込んだ。

そして、俺の背中を後ろからトンと押して、エスカレーターに乗せた。

「おーぉ」

「……なんだこれ」

一階まで上がると、俺たちは空中に固定されたクジラのオブジェに目を奪われた。

モール内の壁と同じく、背中が真っ赤だ。しかも、バカデカい。吹き抜けになった店内を、豪快に縦にぶち抜いている。

けど、なんで店の中にクジラなんだ。

「せっかくだし、お店を見て回りたいな」

「はいはい、ついてくよ」

興味津々、という様子の御影を先頭に、俺たちはヘップファイブの中をぐるぐる歩いた。

ファッションの店が中心のようだが、それ以外にも変な雑貨屋や、キャラもののグッズが並んでいるショップもあった。

客層も若く、イマドキ、という感じだ。

「店名が全然読めないね。よくわからないアルファベットばかりだ」

「そうだな。でもたまに、知ってる店もあるぞ。ほら、スタバ」

「あ、ホントだね。スタバも普段は遠い存在だけれど、ここで見るとなんだか安心するよ」

そんな田舎トークをしながら、御影はふらっと店に入って、棚を眺めてまた出る、というのを繰り返した。

かと思えば、急に変わったデザインの靴下をまじまじと見つめ、そのままレジに持っていったりもした。

気ままというか、行動が読めない。

けどまあ本人は楽しそうなので、よしとしておこう。

ところで、レジを打っていた店員が、御影を見てやっぱり目を丸くしていた。

気持ちはわかるけど、接客なんだから一応気をつけろよ。

「明石くん、どうかな？」

置いてあった売り物の帽子を頭に軽く載せて、御影が聞いてきた。

シンプルな形の、黒いバケットハットだった。

しかし、どう、と言われても……。

「いいんじゃないか」

「どんなふうにいいのかな」

「似合ってる」

「どれくらい？」

「……めちゃくちゃ似合ってるよ」

「ふふっ。そうか。ありがとう」

満足そうに言って、御影は帽子をまた棚に戻した。

こいつ……からかってるのかそうじゃないのか、全然わからないぞ……。

いや、俺が未熟なのか……？

っていうか、めちゃくちゃ似合うに決まってるだろ。素材のよさを考えろ。

まあ、わかったうえで聞いてるんだろうけど……。

「こっちは？」

御影は、今度はその近くにあった、ベージュのキャスケットを被った。つばの上の部分に、ワンポイントでバックルがついている。

「……似合ってるよ、それも」

「さっきのとどっちがいい？」

「自分で決めなさい」

「つまらないことを言ってはいけないよ」

「いけなくない」

だから、どっちも意味不明なくらい似合ってるよ、あほ。

そんな調子で、俺たちはひと通り、ヘップファイブを巡り尽くした。

遠慮する御影を制して、買ったものの袋は全部俺が持った。

最後に八階まで上がって、俺たちは小さなゲームセンターに入った。

太鼓の達人で『前前前世』を叩いて、俺が負けた。

エアホッケーでは途中までリードしてたのに、ギリギリで追いつかれて引き分けになった。

どっちのゲームでも、御影はずっと子どもみたいに、大声ではしゃいでいた。

「じゃあ、罰ゲームは明石くんだね」

卑怯な新ルールを突然提示してから、御影はまた俺の手を摑んで引っ張った。

そして、見たことない猫のキャラクターのぬいぐるみが閉じ込められたクレーンゲームの前で、コクンと頷いた。

「……ほしいのか？」

「ほしい。かわいい」

「かわいいか……？　これ」

どう見ても、ブサイクだ。

いや、これがブサカワというやつか。最近あんまり聞かないけど。

「まあ、いいよ」

言って、俺はさっさと小銭を投入した。

デカいし、クレーンのパワーも弱い。

だけど悪いな、ブサカワ猫よ。

「え！　すごいすごい！　ホントに取れた！」

三回目で目当てのぬいぐるみを落としてやると、御影はすぐにそいつを抱き上げて、ぴょんぴょんと飛び跳ねた。

大袈裟なやつ。あと、スカート短いんだからやめなさい。

「明石くん、上手なんだね！　太鼓はダメだったのに！」

「ぐふっ……まあ、なぜかこれだけはな。日浦にも、よく取らされてる」

あいつがほしがるのはぬいぐるみじゃなくて、デカいお菓子とかだけど。

スタッフにもらった袋に猫を入れて、俺たちはエスカレーターを下った。

観覧車にも乗れたが、御影はあんまり興味がないらしかった。

「プリクラの機械がたくさんあったね。あんなに並んでいるのは初めて見たよ」

「たしかにな。あのゲーセン、半分以上プリクラだったし」

「撮りたかったけれど、さすがにダメだね。柚月さんたちに怒られてしまう」

「……べつに、怒らないだろ」

玲児ならまあ、文句言ってきそうだけど。

「それじゃあ、戻って撮る？」

「……いや、遠慮しとく」

「ふふん。ほらね」

なんだよ、ほらね、って。


ヘップファイブの前の交差点に出ると、もう空は暗くなり始めていた。

人も車も増えて、まさに都会の夕方、という感じがした。

俺たちは看板を頼りに、なんとか大阪駅まで戻った。

そして、さっき見たルクア・イーレに入って、エレベーターに乗った。

九階のボタンを押して、運ばれるのを待つ。

「おお……すごいね」

「テンション上がるな、これ」

そこは、やたらと上品な内装の蔦屋書店になっていた。

高そうな文房具の店やカフェも入っていて、中央のエスカレーターを囲むようにして、大きな本棚が円形に置かれている。

並んだテーブルには、ここで買ったであろう本を読んでいる人や、パソコンでなにか作業をしている人が多くいた。

実をいえば、ここだけは俺のリクエストだった。

さっきスマホでこの辺を調べて見つけたので、御影に寄らせてほしいと頼んだのだ。

「なにか買うのかな?」

「いや、実は来てみたかっただけなんだ。悪いな、付き合わせて」

「ううん。私も好き勝手連れ回したから。それに、楽しそうだ」

俺たちは一緒になって、小説や画集、雑誌を適当に眺めて回った。

普段は見ない本も多く、店内の雰囲気も相まって、なんだか異国に来たような気分になった。

御影もここでは比較的注目を浴びず、俺もわりと気楽でいられた。

みんな静かで、自分のことで精一杯、という感じだった。

最後……きっと最後に、ここに来てよかったと思った。

「ねぇ、明石くん」

カフェで買ったコーヒーをテーブルに置くなり、向かいにいる御影が言った。

「前に、天使には不思議なちからがあるのか、と私が聞いたとき、きみは否定したね」

「……ああ」

答えながら、俺は自分が少し身構えてしまっているのに気がついた。

終わったはずの話題を、なぜ御影がまた掘り返すのか。俺にはわからなかった。

「ならもし、そういう特別なちからがあったら、きみはどうする？」

「……」

俺の頭の中に、声が響いた。

それは、あのときと同じ質問だった。

――自分になにか、ほかの人にはない特別なちからがあったら、どうする？

けれど、そんなわけはなかった。

御影は彩羽のことも、俺のちからのことも知らない。

だから、この質問にはなにか、御影個人の意図があるはずだった。

「……ものによるんじゃないか。便利なら使うし、バレるとマズそうなら、隠すだろうし」

「そうだね、いい答えだ。……ではもしそれが、隠せないものだったらどうするかな？」

「……隠せない？」

思わず、俺はテーブルの下にあった自分の右手を、緩く握った。

隠せない。もう一度、頭の中で繰り返す。

使わなければ……いや、使ったって、俺のちからは相手にはバレない。

例外は、湊だけだった。

「誰が見ても、その人が特別なんだとわかってしまう。そういうものを持っている人は、どうすればいいんだろうね？」

店内の淡い灯りに照らされた御影が、なにも言えずにいる俺の目を、まっすぐ見つめている。

何度見ても、本当に信じられないくらい、綺麗な顔だった。

「帰ろうか」

御影のその言葉で、俺たちは蔦屋書店を出た。

外は、完全に夜になっていた。

ますます人が増えた大阪駅を、通行人を避けながら苦労して歩いた。

来たときと同じ中央改札を抜けて、ホームまでの階段を上がった。

なんとなく、どこの列にも並ばずに電車を待った。

「今日はありがとう」

こっちを見ずに、御影が言った。

俺も前を向いていた。

「疲れたけど、とっても楽しかったよ。明石くんのおかげだ」

「早く帰りたい気もするし、帰るのがもったいない気もするな」

「ふふ、そうだね」

「晩メシ、食べなくてよかったのか？」

「うん。あまり食欲がなくてね。帰ったら、うちでなにか食べるよ」

スマホで時計を見ると、もう八時を回っていた。向こうに着く頃には、九時を過ぎそうだ。

日浦と湊から、ＬＩＮＥが来ていた。

内容は『大丈夫か？』と、『大丈夫？』。

それぞれに『ああ』とだけ送って、俺はまたスマホを仕舞った。

それから、すぐに新快速が来た。

だが、「ゆっくり帰りたいな」と御影が言ったので、次の各駅停車に乗ることにした。

「……べつに、大阪に来たかったわけじゃないんだ」

新快速が走り去る音が止んだところで、御影がぽつりと言った。

「ただ、誰かと一緒に遊びたくてね。行き当たりばったりでも、やりたいことをやって、お喋りして、たくさん笑いたかった。私には、今までそういうことが少なかったから」

「……そうか」

「うん。テストの日の午後なら、出かけてる久世高生もいないだろうしね。それに、きっとここまでは来ない」

「……なるほどな」

だから、わざわざこの日を選んだのか。

知ってるやつに、見られてしまわないように。

なにも気にせず、遊べるように。


各駅停車にしたおかげで、席はすいていた。

またふたりで座って、電車の揺れと音に身を任せた。

ずっと、無言だった。

お互いにスマホも触らず、御影は窓の外を、俺はただ、前の座席の背もたれを、じっと見つめていた。

「明石くん」

電車が京都駅を出たところで、御影が数十分ぶりに口を開いた。

社内アナウンスにかき消されてしまいそうな、小さな声だった。

「きみがなぜ私の事情を、知りたがっているのか。私にはきっと、その見当がついているよ」

「……ああ」

「だからね、久世高の天使。約束してくれるなら。本当に、絶対に秘密にしておいてくれるなら。今回だけなら、いいよ」

「……」

言葉足らずなのに、俺にはその意味がよくわかった。

御影はきっと、言っているんだ。

志田の告白を、受けてもいいと。

それが、俺の最終目的だから。

それさえ達成できれば、そもそもこんなこと、しなくてもいいのだから。

——だが。

「もし、俺がそれで納得したら、お前はどうするんだ？」

「……」

「もう自分のことはなにも話さないで、終わりにするのか？」

「……だって、その必要もなくなるだろう？」

「……そうだな」

お前の言う通りだ。本来は、それが正しい。

でも、それじゃあダメなんだよ、御影。

「だったら、断るよ」

「……どうして？　きみの目的は、それだけだったはずだよ。なのに——」

「もう違う」

「っ……」

「もう、お前を放っておけない。きっかけがどうであれ、俺が今お前に関わってるのは、天使の仕事のためだけじゃない」

「……」

「できるなら、俺はお前のことも助けてやりたいんだ。……そう思っちゃったんだから、もう無視なんてできない」

「……そっか」

御影は、深く、ゆっくりと息を吐いた。

それから、脚のあいだに置いていた袋の中に手を入れて、猫のぬいぐるみを撫でた。

「だけど、無理だよ。私は、助からない」

「そんなの、聞いてみなきゃわからないだろ」

そこで、電車は知らないうちに入っていたトンネルを抜けた。

すぐに窓が飛沫で濡れて、雨が降り始めていたことに気がついた。

「怖いんだ。誰かに話すのは……初めてだから」

「……大丈夫だよ。話しにくいこと聞くの、けっこう得意なんだ」

「うちまで、送ってほしいな」

御影のそんな要望で、俺は自分の最寄り駅を通過して、御影が降りる石山駅までついていった。

改札を出て屋根の外を見ると、まだ小降りが続いていた。

雨雲の感じを見るに、勢いを増すことはあっても止むことはなさそうだった。

「どうしようね」

べつに濡れても構わない、と思っていそうな声で、御影が言った。

俺はカバンから、数少ない荷物のひとつを出した。

放課後の時間を全部渡す、という約束は、まだ終わっていない。

けれど、俺が御影を送ることにした理由は、それだけじゃなかった。

「ん、折り畳み傘……。準備がいいね」

「だろ。っていうか、夜は雨予報だったからな」

意外と、そういうのちゃんと調べてから家出るタイプなもんで。

「貸してやる」

「ありがとう」

御影はあっさり俺の傘を受け取って、すぐに開いた。

それから、屋根の外に出て、くるりと俺の方に向き直った。

「どうぞ」

手のひらで自分の隣を示して、御影が言う。

「なんだよ……」

「うちまで送ってほしい、って言ったろう？　ここは私の家じゃないよ」
「……はいはい」
早々に観念して、俺は御影の横に入って、傘の柄を受け取った。
小さい折り畳み傘の中で、俺たちは肩をくっつけて歩いた。
踏切を渡って、歩道の広い大通りを進んで、途中の細い道に折れる。
御影はなにも言わない。
俺も、なにも言わない。
ぱらぱらと、ただ雨が傘を叩く音だけが聞こえていた。
やがて、俺たちは高架橋の下に辿り着いた。
そのまま通り過ぎようとした俺に反して、御影はピタッと立ち止まった。
後ろを振り向きながら、思った。
ここなら、雨には濡れない。きっと、人も来ないだろう。
俺が、御影を送ると決めた理由。
それは、約束が終わっていないから。傘を持っていたから。そして——。
「じゃあ、話そうか、明石くん」
帰り道で、こうなるかもしれないと思っていたからだった。

なにから話すのが、一番いいんだろうね。

初めてだからわからないけれど、そうだな。やっぱり今のことより、昔のことからかな。

私は小さい頃から、とてもかわいい女の子だったんだよ。

……こら。もっと呆れた顔をしてくれないと、困ってしまうよ。

まあ、冗談で言ったわけじゃないんだけれどね。

幼稚園のほかの子も、両親以外の大人たちも、みんな私のことを、かわいいかわいいといつも褒めてくれた。

それはいわゆる、愛嬌がある、というような意味ではなくて。

本当に、純粋に、外見的な話だった。

それが自分でもわかるくらいには、私の容姿は整っていたんだ。

美人にも、ふたつのタイプがあるだろう?

自分の外見の魅力に、自覚的な人、そうじゃない人。

どっちがいいとか悪いとか、そういうことを言いたいんじゃないよ。

ただ、私は間違いなく、前者だった。

たくさん愛してもらった。

それが嬉しくて、私も毎日幸せだった。

小学校に上がって、たぶん私はもっとかわいくなっていた。それに、人懐っこい性分だったから、友達もたくさんできた。

子役やモデルにスカウトされたことなんかもあるよ。

私は覚えてないけれど、親によると「いやだ！」と言って断ってしまったらしい。

小さな悲しいことくらいは、もちろんあったと思う。

だけど私の学校生活は、ずっと平和で楽しかった。

みんな優しくしてくれて、褒めてくれたから。

けれどあるとき……五年生くらいの頃かな。ちょうど、みんながませてくる時期だね。

私にとって、すごく怖いことが起きた。

同じクラスの女の子に、言われたんだ。

「冴華ちゃん、わがままだよね」って。

「かわいいから、そんなにわがままになっちゃったんでしょ」って。

今にして思えば、べつにそこまでわがままな子でもなかったんだよ、私は。

……もうっ、ホントだよ。そりゃあマイペースなところはあったし、今も変わってないかもしれないけれど……。

とにかく、幼かった私にはその言葉が、とてもショックだった。

わがままだ、って言われたことがじゃない。

内面の問題を、大好きな自分の外見に結びつけられたことが、本当につらかったんだ。

たしかに、私以外のかわいい子たちの中には、意地悪な子や、態度が横暴な子もいた。

だけどそれは、ただその子がそういう子だっていう、それだけの話だろう?

言い方はよくないけれど、容姿が優れていなくたって、いやな子はいた。

それに、かわいくて優しい子だってたくさんいた。

……いや、外見が内面に影響を与えるかどうか、なんていう難しい話は、今はいい。

いずれにせよ、当時の私は思ったんだ。

「ケチをつけられたくない」って。

だって、いやじゃないか。

「顔がかわいいせいで、中身はそんななんだね」とか。

「ちやほやされてきたから、性格は悪くなったんだね」とか。

そんなこと、絶対言われたくないじゃないか。

せっかくこんなに、素敵な顔に生んでもらったんだから。褒めてもらえるんだから。

中身だってそれに負けないくらい、魅力的になりたいじゃないか。

絶対に、それが一番素敵じゃないか。

「だから私は、いい子になると決めた。ううん、魅力的な人になろう、と決めたんだよ」

高架の柱に並んで寄りかかって、俺は御影の話を聞いた。

雨はいっそう強まって、激しい音と冷えた空気が、俺たちを包んでいた。

「素直でいようと思ったし、人には親切にしようと思った。誠実さも、愛想のよさも大切にした。完璧にうまくできていたかどうかは、わからない。だけど少なくとも、人に好きになってもらえる自分、それに、自分が好きになれる自分でいる。それがあの頃から、今もずっと続けている、私の生き方だ」

御影の静かで強い声は、雨音をすり抜けて俺の耳に届いてきた。

外見に負けない中身になりたい。

その考えに、俺はもちろん共感はできない。けれど、理解はできる。

そして、小学生でそんなことを考えたこいつは、やっぱりすごいと思った。

「前に食堂でも、似たようなことを言ったね」

「……ああ」

三大美女という肩書きを、御影はどう思うか。

たしか、その話をしたときだったはずだ。

「でもこれは、まだ前提だ。なぜそんな私が今、こうなっているのか。それを、今から話すね」

「……」

こうなっている。

特定の友達を作らず、代わりに架空の恋人を作る。

そんなことになっている、わけ。

結果として、私の周りにはたくさん、人が集まってきてくれた。

友達もますます増えたし、誰かに嫌われるということも、たぶん滅多になかったと思う。

もっとシンプルに表現すれば、私は、すごく人気者になっていたんだ。

男の子からも、女の子からも。

……あ、ダメだよ、ほかの人に言っちゃ。こんな明け透けなことは、きみにしか言えないんだから。

私のその人気は、中学に上がっても変わらなかった。

ううん、それどころか、私はもっと多くの人に好かれるようになっていった。

だから、自分がやっていることは正しいんだと思った。それに、今でもそう思っている。

でも——ずっとうまくはいかなかった。

私が変わったわけじゃない。

変わったのは、周りの方だった。

いつも仲よくしてくれていた女の子が、私のほかの友達の悪口を言うようになった。

私が休日に誰かと遊びに行くと、それを知ったほかの子が、自分よりその子を取るのか、と聞いてくるようになった。

クラスの中心にいる子たちのグループから、仲間に入れと誘いを受けるようになった。

話している子が、私の機嫌を窺っているのが伝わってきた。

誰が私と一緒に下校するかで、クラスの子同士が口論になったという話を聞いた。

私に告白してくれた男の子が、ほかの子にいやがらせをされたという噂が回ってきた。

私が掛け持ちしていた三つの部活の部員同士が、お互いに私を退部させようと争っているのを知った。

それは全部、私の取り合いだった。

中学生は、複雑だからね。

なにを偉そうな、と言われてしまうかもしれないけれど、でも、本当にそうだと思う。

私はバカだったから、自分を好いてくれる子たちのことは、大抵みんな好きだった。

あまり相手を選ばずに、いろんな子と一緒に遊んで、お喋りもした。

だけど、そんな単純な人付き合いができる子の方が、きっと少なかった。

それでも私を手元に置きたくて、私に自分を選ばせたくて、彼らはああいうことをした。

正しいかどうかはわからないけれど、私はそういう結論を出した。

どうしよう、と思った。

どうすればみんな、仲よくできるんだろう、と考えた。

でもなにもわからないまま、状況は悪化していった。

三年生の二学期には、私のクラスは最悪な状態になっていた。

私が原因で生まれたであろう軋轢が、もはや私とは関係ない争いに発展していて。

五つくらいに勢力が分散して、いつも教室の雰囲気が張り詰めていた。

クラスで協力する行事があれば、その度に喧嘩になった。

なにかのグループ分けでは、私をどこに入れるのかを巡って、見えないところでも見えるところでも、いざこざが起こった。

みんな、つらそうだった。

でも彼ら自身も、それに私も、どうすることもできなかった。

ある日、私のことを好きだ、と言った男の子が、何人かの子に殴られたというのを聞いた。

そこで、私はもう限界だった。

私はしばらく、学校を休んだ。

家に閉じこもって、ずっと考えた。

なぜ、こうなったのか。

自分はどうすればいいのか。

誰が悪いのか。

でも半分は、こうして私がいないあいだに、クラスが平和になってくれればいい。そんな愚かなことを思っていた。

　そこまで言って、御影はひどく湿ったような、重い息を漏らした。

　ざぁざぁとうるさい雨音の中で、かすかにずずっと、鼻が鳴ったような気がした。

　以前玲児が、御影と同じ中学出身のやつから聞いてきた、あの話。

　中三の頃に、御影が少しのあいだ、不登校になった。

　あれは、こういうことだったのか……。

「結局、何日か悩みに悩んで、私はひとつの答えを出した」

「……どんな？」

「誰とも、仲よくしないこと」

　キッパリとした、語気の強い声だった。

「私は誰のものでもない。それに、誰かと特別親しくもない。そういうポジションに、自分を置くこと。それが、私にできる唯一の対処法だった」

「……」

「思ったんだ。みんなが私をほしがりすぎるから、こうなるんだって。そして私が、特定の子と遊んだり、お話ししたりするから。周りの子に、差をつけてしまうから。私と仲よくできない子が、いやな思いをするんだ。焦って、自分の方に引っ張りたくなるんだ。自分よりも私に近い子に、敵意が向いてしまうんだ」

御影を、ほしがりすぎる……。

自分よりも御影に近い相手に、敵意が向く……。

「もちろん、こんなことを考える私は傲慢だと思う。調子に乗るな、自惚れるな、って、反感を買ってもおかしくない。『私のために争わないで！』。そんな、よくある自意識の強いセリフを、私はほとんどそのまま言っているんだから。だけど、私は本気でこう思っているし、思うに至る根拠も、経験もある。明石くんだって、心当たりがあるだろう？」

御影の言葉の意味が、俺にはもう、はっきりとわかっていた。

先週、連日御影と一緒に昼食を摂った、その結果。

俺はどうなった？

俺の周りは、どうなった？

「悪いと思った。きみを危ない目に遭わせるのは、いやだった。だけどこの話をするなら、きみには実感しておいてほしかったんだ。でなきゃ、納得してもらえなさそうだったから」

そうだ。

浴びる視線が日に日に冷たくなっていったのも、肩をぶつけられたのも。知らないやつらに探りを入れられたのも、教室でのあの妙な空気も。

きっと全部、御影と一緒にいたのが原因だった。

日浦もそれに気づいたから、俺を助けに来てくれたんだ。

「一週間なら、ギリギリ大丈夫だと思った。だけど……ちょっと危なかったね。私の認識が甘かった。本当に、ごめん」

「……いや」

「……ふぅ。覚悟はしていたけれど、ずいぶん長くなってしまうね」

ひどく疲れた声で、それでも無理やり明るそうに、御影は言った。

「もう聞きたくない、と思ったら、いつでも止めてね」

ここからは、もう去年の話だ。つまり、久世高に入ったあとだね。

同じことは繰り返したくなかったから、春休みに、作戦を練った。

まず、友達を作らないこと。男女問わず、ね。

これは、一番基本的なことだった。

苦労もほとんどしなかった。ただ、寂しいのを我慢すればよかったから。

それから、特定の集団には入らない、というのも徹底した。

クラス内でのグループはもちろん、部活や委員会も。

班活動や、授業でのグループ分けは仕方ないから、とにかくそれ以上の関係にはならないようにした。

接点、というものを、可能な限り持ちたくなかったんだ。

そして、SNSもやらないことにした。

今は簡単に誰かと繋がれるし、遊びの誘いなんかも受けやすくなってしまうからね。それに、人に見えないところで誰かとやり取りをするのは、今の私にはリスクが大きすぎた。

だから、きみとメールや通話をしたのは特別だったんだよ？

……こんなふうにして、私は自分を、みんなの共有物にした。

いつも周りに人はいたけれど、友達じゃなかった。

でも、彼ら自身もそれをわかっていただろうし、差がなかったから、取り合いも起きなかった。

うまくいってた。平和だと思った。私さえ友達を諦めれば、それで解決するんだと思った。

だけど……これだけでは防げない問題が、まだあった。

告白されるんだ。

私を好きになってくれた、男の子たちに。

友情は、お互いが望まないと成立しないだろう？

だから、私の方で拒絶していれば、抑止できたんだ。

でも恋は……愛情は、そうもいかなかった。

誰かが私に告白をすると、私のことを好きでいてくれるほかの子たちが、焦ってしまう。

抜け駆けするな、出しゃばるな、そういう気持ちになる。

そして、だったら自分もと、次の告白を誘発してしまう。

もちろん、私に誰かと交際をするつもりなんてなかった。

そんなことをすれば、きっとその人や、ほかの誰かだって傷つくだろうから。

だけど独り身でいると、告白されるのは避けられない。

「好きな人がいる」という嘘をついてみたけれど、ダメだった。

断りやすくなっただけで、告白自体がなくなるわけでも、周りの争いがなくなるわけでもなかったんだ。

私には、また対策が必要だった。もっと、効果的な対策が。

どうにかして、告白を防がないといけない。

それさえできれば、きっと全部、丸く収まる。

すぐに思いついたのは、『いやな子』になることだった。

人気者じゃなくなれば、告白されることもなくなる。単純な方法だ。

……でも、それだけは絶対にしたくなかった。


「そんな自分を……私は、好きになれないから」

沈むようにその場にしゃがみ込んで、御影は自分の膝に顔を埋めた。

俺もそれを追うようにして、すとんと座った。

なあ、御影。

お前は、それでいいのか。

そんな言葉が、思わず口をついて出そうになる。

グッと堪えて、俺は御影の頭に軽く手を置いた。

「……女の子の髪に、無断で触っちゃダメだよ」

「なら、いいか？」

「……うん」

俺は御影の頭を、ゆっくり撫でた。

俺も疲れていたし、御影はもっと疲れているはずだった。

けれど、まだ俺たちは終われない。

「……だから、私は響希くんを作ったんだ」

「……」

「恋人がいることにすれば、告白は一気にされにくくなる。私がすでに誰かのものなら、告白は、それを奪おうとする行為だから」

「……そうだな」

「だけど、そんなバカなことの相手を、現実の誰かに頼むなんてできなかった。架空の男の子なら、目撃されてしまうこともないし、競う気がなくなるような設定にもできる。なにせ、そもそも実在する必要がないからね。……正直、名案だと思ったよ」

「なら……天使に相談してきたのは？」

架空の相手なら、なんの努力もせず、恋人になれたのに。

「みんなの心理的ハードルを、もっと上げたかったんだ」

「……ハードル」

「うん。ずっと片想いしていた、歳上の幼馴染。その相手と、ついに結ばれた。しかも、あの久世高の天使のおかげで。……そんなエピソードがある恋人関係に、横槍を入れるなんてできないだろう？」

「なるほどな……」

つまり、箔がほしかったってことだ。

「ダメ元だったし、きみに勘づかれるのも覚悟はしていた。演技にはあまり自信もなかったからね。でも完全に見破られることはないと思ったし、いくらでも言い逃れできる算段だった」

「……頑なだったもんな、あのとき」

「予定通りだよ。まあ、最後にはこうして、きみの執念深さに負けてしまったんだけれどね。しかも、結局天使のことは口外もさせてもらえなかったし。あらためて、ひどい戦績だよ。きみのことを、完全に見誤った。今後は私への恋愛相談は引き受けないでほしい、と伝えておくのが、せめてもの悪あがきだった」

肩を小さく震わせて、御影は自虐的に笑う。

「……私が、恋人ができた、と久世高に広めたあと」

「……」

「私は、絶対に告白されるわけにはいかなかった。せっかく条件を整えたのに、すぐにひとり目を許したら、抑止力は激減してしまう。きっと、あとに続く人が現れる。だから、私は……」

御影はそれ以上、なにも言わなかった。

それでも、俺にはもうことの全容がわかってしまっていた。

志田が、告白をさせてもらえなかったわけ。

恋人ができてから、御影が急に告白を拒否し始めた理由。

俺はそれに、やっとたどり着いたのだった。

「さて、と」

御影が、スッと立ち上がる。

俺の前に歩み出て、こっちを向き直った。

「これで、終わりだよ」

さっきまでとは違う、突き放すような声だった。

「まだなにか、言うことがあるかな?」

気が楽にならなかったと言えば、嘘になる。
でも、それだけだ。
「はっきりさせよう、明石くん」
いや、私たちは、そうしなければならない。
目の前にいる男の子は、顔を伏せている。水気を帯びた前髪で、表情も見えない。
ただ、全身からだらんと力が抜けて、今にも倒れてしまいそうだった。
彼は今、なにを考えているのだろう。
私のことを、どう思っているのだろう。
バカなやつだと、いやな女だと、呆れているだろうか。
けれど、もうそれでも構わない。
「帰りの電車で、きみは言ったね。できれば私のことを助けたい、と」
本音を言えば。
その言葉が、私には嬉しかったんだよ。
どうしようもなく。縋ってしまいそうになるほどに。

「……でも、無理だよ。私は、やっぱり助からない」

だって、たくさん考えたから。

どうすれば、解決するのか。どうなったら、解決なのか。

それでも、私にはわからないんだ。

全然、なにも浮かばないんだ。

だからね、明石くん。

「だから……私を放っておいてほしい」

「……」

「うまくやっているよ、私は。きっとこれからも、うまくやれる。誰にも迷惑はかけないし、迷惑をかけないためにこそ、この生き方を選んだんだ」

明石くんは、黙っている。

「私は今のままで、満足だから。自分が好きな自分でいられて、取り合われずに、誰も傷つけずにいられて、ほっとしているから。ね、明石くん。手を引いてくれ。今日は、このまま別れよう。そして今までも、明日からも、なにもなかったことにしよう。私たちには、きっとそれが一番だから」

私を気にしてくれて、ありがとう。

バカなお願いに付き合ってくれて、ありがとう。

つまらない話を聞いてくれて、ありがとう。
きみは、本当に素敵な男の子だよ。強くて、優しくて、人のために全力になれる。
私のことを、わかってくれる。
ねえ、わかってくれたなら。
ここで、終わりにしよう。
でないと私は……私たちは。

「ダメだ」

……ああ、明石くん。
きみは、どこまでも。

「お前は、助からなきゃいけない」

彼が、顔を上げた。両目で、私を強く睨んでいた。
自分の拳に、力が入るのがわかる。
奥歯が、ギリリと鳴るのが聞こえる。

「……そうか」

だったら、仕方ないね。

「もしかしたら、こうなるんじゃないかと思っていたよ。あのカフェで、きみと初めて話したときから」

「……」

「やっぱり私たちは、喧嘩しなきゃいけない」

きみとは、こうなりたくなかったのに。

「無理なんだ!!　ダメなんだよっ!!!!」

こんなに叫ぶのは、いつぶりだろう。

「もう、どうしようもないんだ!!　どうして、そっとしておいてくれない!?」

こんなに怒っているのも、いつ以来だろう。

「なにがわかるんだ!!　私がどれだけ悩んで、どんな思いでこの道を選んだのか!!　きみに、わかるもんかっっっ!!!!」

「ああ、わからないよ。わかるなんて言えない」

「だったら!!　……首を突っ込まないでくれよ。私がきみに、さっきの話をしたのは……助けてほしかったからじゃない……‼」

　そんなこと、知ってただろう、きみだって。

「ただ、理解してほしかっただけなんだ……‼　それなら仕方ないな、って……。だったら、どうしようもないな、って……！　そう思ってほしくて……諦めてほしくて……だから、私は――」

「諦めないよ、俺は」

「……」

　どうして？

「……それじゃあ、きみがもし、私なら‼　どうにかできるっていうのか⁉」

　どうしてそんなに、強情なんだ。

「こうしないと、みんなが傷つくんだ‼　私は、みんなのものじゃなきゃいけないんだ‼　もう、ほかに方法はないんだ‼」

　どうしてそこまで、私に構うんだ。

「……もし、俺がお前なら」

　どうして……きみがそんなに、悲しそうなんだ。

「たぶん、なにもできない」

　………。

「……ほらね。やっぱり、そうじゃないか。なのにきみは！　他人事だと思って簡単に――」

「でも、俺はお前じゃないから、お前の友達になれるよ」

……なんだよ、それは。

「きみは……わかっていないよ」

全然、なにも、わかってない。

「わかってないのはお前だろっ!!!!」

「……えっ」

私が……？

「お前、楽しかったって言ったじゃねぇか！　俺と食堂行ったのも!!　屋上でみんなで話したのも!!　今日、大阪(おおさか)で遊んだのも!!」

……。

「ホントはお前だって、自分のせいで周りが不幸になるとか！　みんなが自分を取り合うのがつらいとか!!!!　そんなの考えずに、お前が好きなお前のまま!!　楽しく過ごしたいんだろっ!!!!」

言え、御影冴華(みかげさえか)。

「だから、ふたつ目のお願いをこれにしたんだろ！　だからあの日、屋上に来たがったんだろ!!」

違うって、言え。

「それが、お前が本当にやりたいことだろ!!　俺に諦めろなんて言って!!　諦めてるのは、お前じゃねぇか!!」

「諦めるしかないじゃないかっっ!!!!」

だって、もうそれしか。

私には、思いつかないんだ。

「だから!!　俺がなるって言ってんだ!!」

「っ……！」

「絶対にお前を取り合わない！　独り占めもしない!!　ただの友達に、俺がなるんだよ!!」

……。

「お前が困ったら、いつでも助けるし」

やめてくれ。

「行きたいとことか、やりたいことにも、たまには付き合ってやるし」

ダメだ。

「誰かに睨まれても、全部耐えるから」

そんなの、おかしいじゃないか。

「だってお前……今までそういう友達、作れなかったんだろ？」

声が優しいよ、明石くん。

「ひとりで全部抱えてれば、そりゃ答えも出ないし、つらいさ。でも悩みを話せたり、味方してくれる相手がひとりでもいれば、ずいぶん楽だと思うんだよ」

急にそんなふうにされたら、いくら私でも、困るよ。

「もちろん、それで問題が解決するわけじゃない。けど、ずっとそのままってわけにはいかないだろ？　一回でいい、試してみよう。なにかあっても……今度は、俺がついてるから」

「……でも――」

「それにさ」

私の言葉を遮って、彼が言う。

穏やかなその瞳から、もう目がそらせなくなっている。

「俺も今日、いや、先週の学校でも……お前と一緒にいて、楽しかったんだよ」

息が、止まりそうになって。

自分の顔が、ひどく歪むのがわかって。

「だからさ、頼(たの)むよ御影(みかげ)。俺と、友達になろう」

明石(あかし)くんが、笑う。

まるで泣いているみたいに、とっても下手くそに笑う。

頭の中がぐちゃぐちゃだった。

それでも、自分が今どう思っているのかだけは、不思議なくらいはっきりしていて。

だけど、それはずっと見ないようにしていたもので。

ほしがっても、手に入らないはずだったものだから。

だから、どうすればいいかわからなくて。

「お、おいっ……！」

今日の雨は、冷たくて気持ちいい。

「……濡(ぬ)れるぞ」

そしてなにより、かっこ悪い私の心を、隠(かく)してくれる。

「明石(あかし)くんっ」

雨粒(あまつぶ)を浴びながら、彼の名前を呼ぶ。

彼は戸惑(とまど)ったような、そして、それでも私を心配してくれている目で、こっちを見ている。

「言ったね？」

「……ああ、言ったよ」

「嘘じゃない？」

「嘘じゃない」

「また、遊んでくれる？」

「おう。暇なときなら、遊ぼう」

「絶対、ずっと、友達でいてくれる？」

「いや。絶対でも、ずっとでもない。だけど、お互い友達でいたいうちは、そうしよう」

「……うん」

きみは本当に、バカな人だ。

ああ、だけど、そうだな。

「じゃあ、試してみる。ダメだったら、きみのせいだからね」

きっと私の方が、もっとバカだ。

――エピローグ――

ふたりとも風邪を引かなかったのだけは、不幸中の幸いだったと思う。

結局、過去最低の手応えで、俺の期末テストは終了した。

まず間違いなく、赤点だらけだろう。

あんなことがあったうえ、勉強もしてないんだから、そりゃそうだ。

「今回の補習は、夏休み中にあるそうだね」

隣に腰を下ろしていた御影が、なぜだか嬉しそうに言った。

放課後の屋上で、俺たちは人を待ちながら、一足先に反省会をしていた。

「……めんどくせぇ」

「でも、ちょっと楽しみだよ。非日常的で」

「お前は前向きだな……」

「そんなにいやなら、勉強しておけばよかったのに」

「そこはあれだよ……ほら、ジレンマ的な。勉強もしたくない。補習も受けたくない」

「やれやれ、わがままだね、きみは」

呆れられてしまった。

わがままじゃなく、正直なんだよ、俺は。

っていうか、お互い補習確実なのに、なんで俺の方がダメみたいになってるんだ……。

「……ねぇ、明石くん」

俺がごろんと仰向けになったところで、座ったままの御影がぽつりと言った。

昨日から再開された部活の喧騒が、遠くからかすかに響いていた。

「どうしてきみは……あんなに私のことを、気にかけてくれたのかな？」

御影は、こちらを向かない。

屋上を吹く風が、御影の明るい髪を撫でる。

ときどきちらりと覗く白い頬が、陽の光を反射して眩しい。

「……お前がどんなやつなのか、わかったから、ってのもあるけど」

「うん」

「お前、言ってたろ。自分が好きでいられる自分でいたい、って」

「うん」

「……俺も、前に同じようなこと言われたんだ。おかげで、いろいろ救われた」

彩羽に、そう言ってもらわなければ。

あいつと出会わなければ、俺はきっと、まだ自分のことも、ちからのことも、好きになれていなかっただろうから。

「でも……そいつはこうも言ってたんだ。その方が、毎日が楽しいから、って」

「……」

「だからさ、楽しくなきゃ、ダメだと思ったんだよ。自分のことは好きなのに、毎日寂しい。そんなのは、いやだなって……」

「……そっか」

そこで、御影は俺と同じように、屋上の床に寝転んだ。

すぐそばに、御影の綺麗すぎる顔が来る。

ほんのり頬を染めて、御影はにっこり笑った。

「伊緒くん」

「……えっ」

「うん、いいね。伊緒くんと呼びたいな」

「……なんでだよ」

「いや？」

「いやってわけじゃない……けど」

「じゃあ、決まり。よろしくね、伊緒くん」

御影はそう言って、ふふふとまた笑う。

相変わらず、底の知れない美少女だ。

「――ってことで」

日浦、玲児、湊、藤宮。

屋上にやって来た四人にあらかたの説明を済ませてから、俺は言った。

「よろしくお願いします」

「よろしくお願いするね」

御影と俺で、同時に頭を下げる。

見えていないのに、はぁ、というため息が日浦のものだとわかった。

「えっと……つまり、どういうこと？」

今度は湊の声だった。

顔を上げると、藤宮はニコニコ、玲児はニヤッとして、日浦はジト目だった。

「私と、友達になってほしいんだ」

御影のセリフには、あろうことかなんの工夫もなかった。

念のため、俺から補足しておくことにする。

「御影の友達になるのが俺だけじゃ、普通に頼りないだろ？　それに、お前らなら大丈夫そうだし、なにかと」

こいつらなら、御影と仲よくしてなにか言われても、全然気にしなさそうだ。それに、そもそも文句を言う度胸があるやつも少ないだろう。

こう言っちゃなんだが、なんなら俺なんかよりずっと頼りになる。

御影が抱える問題。当然それはまだ、なにも解決できてない。

いつか解決できるように、それまでの時間がつらくないように、俺がそばで助ける。

そして、信頼できるやつらなら、味方は多い方がいい。そんなところだ。

「まあ、つまりな」

「と、いうのももちろん、あるんだけれどね」

俺の言葉を遮って、御影がずいっと前に出た。

「なにより、前にきみたちとお喋りしたのが、本当に楽しかったんだよ。だから、これからも仲よくしてほしい」

……まあ、そうか。友達になる理由なんて、それが一番大事だな。

俺だってそう思ったから、あのとき……。

「たださっきの話の通り、私と一緒にいると、いやな思いをすることになるかもしれない。それが迷惑じゃなければ、という条件付きで、考えてもらえたら――」

「夏休み！　遊ぼ！」

突然、藤宮が飛んできて、御影の手を握った。

「えっ……」

「だって私たち、まだお互いのこと、全然知らないでしょ？　だから、まずはもっと遊ばないと。ね？」

「……ああ、そうだね」

藤宮はふわりと、包み込むように笑った。

さすが……器がでかいな、こいつは。

「そうね。詩帆の言う通り、順序が逆だわ」

「だなー。それに、柚月ちゃんや藤宮ちゃんはともかく、日浦を友達にするかどうかは、もっと慎重に決めた方がいいよー」

「三輪、お前誰のおかげでテストのヤマが当たったと思ってんだ？」

「俺の天性の勘」

「はいはい、ふたりともそういうのいいから、今は」

藤宮に『そういうの』呼ばわりされ、日浦と玲児はこころなしかしょんぼりして黙った。

うーん、珍しい反応だ。

「じゃあ、今度女の子四人で遊ぼ！　湊のうちでお泊まり会とか！」

「い、いいけど、布団ないわよ？　ふたり分しか……」

「柚月と藤宮は床でいいじゃん」

「な、なんで！　ふたりずつ寝れるよー」

「そもそも私の家なんだけど……」

「ふふっ。私は床でも構わないよ」

「ダメダメ。御影さんはメインゲストなんだから」

「いいなぁ女の子は。じゃあ俺は、伊緒とふたりでお泊まり会か……」

「誰がやるか」

「伊緒くんは、また別の日に遊ぼうね」

「あ、おい御影っ」

「「「伊緒くん？」」」

くそっ……一斉にこっち向くんじゃねぇよ……。

まあ、どうせ時間の問題か……。

「なになに？　いつの間にか名前で呼んでるの？」

「うん。さっき、呼んでもいいって言ってくれたから」

「い、伊緒……そうなの？」

「えっ……いや、まあ……はい」

「……ふぅん」

「そうだ、伊緒くんも私を名前で呼ぶといい。ほら、冴華って」

「遠慮しときます……」

「あ、じゃあ私が呼ぶね。冴華ちゃんっ」

「ふふ。ありがとう、詩帆」

「うわっ、なんか照れる……！」

騒がしい……。

……けど、やっぱりこいつらに頼んで、よかったな。

◆◆◆

大事なことが、もうひとつだけ残っていた。

数日後の夜、ひと仕事終えて部屋で休んでいると、御影から通話がかかってきた。

今回はパソコンのチャットサイトではなく、ＬＩＮＥで。

『もしもし、伊緒くん？』

「どうした？」

『今日、告白を受けたよ。念のため、きみには報告しておこうと思って』

「……そうか」

予想通り、ではあった。

なにせ俺は、さっきまでその張本人の志田と、話していたからだ。

もちろん、天使として。

「『好きな人がいるから、ごめんね』だってさ！　はい！　知ってました!!」。そう言って嘆いた志田は、けれど、清々しそうだった。

最後には天使への礼と、「受験に集中します！　くぅ――っ！」という言葉を残して、志田は通話を切った。

『だけど、誰にも知られないように、秘密にしてもらった。彼には申し訳なかったけれどね』

「いや、いいんじゃないか。相手も、それで納得してくれたんだろ？」

『うん。誠実そうな人だったよ。きっと、またいい恋ができると思う』

当然ながら、志田には御影の事情までは話していない。

御影の許可を得たうえで、「話をつけたから、もう告白できるはずだ」とだけ伝えた。

あとは、時間がかかって悪かった、とも。

本当にいろいろあったが、これでとうとう俺の役目も終わりだ。

「とにかく、お疲れ、御影」

『ううん。きみこそ』

「俺は……べつに」

『バカを言っちゃいけないよ。きみも、大変だった。だろう？』

「……まあ、な」

大変といえば、そうかもしれない。

でも正直、今回はそれ以上に、反省点が多すぎた。

志田に言われたことじゃないが、無茶をしたと自分でも思う。

俺も、まだまだだ。

次にまた同じようなことがあったら、そのときはもっと、慎重になるべきだろう。

「ところで……どうだ？　周りは」

『うーん、そうだね……』

電話の向こうで、御影が首を捻るのがわかった。

数日前から、御影は学校で俺たちと一緒にいるようになった。

具体的には、俺と日浦と玲児の三人と。

っていってもクラスは別なので、やることは休み時間に、うちの教室に喋りに来るだけ。

だがそんな程度の変化も、御影にとっては大きいらしい。

ただ気になるのは、御影のその行動に対する、周囲の反応だった。

『だけど、亜貴のおかげかな。今までよりも、みんな落ち着いている……というより、様子を見ている感じがするよ』

「そうか……。まあ日浦は俺と違って、いるだけでバリアになるからな、よくも悪くも」

『みたいだね。かわいくて、優しいのに』

まあどっちにしろ、もうすぐ夏休みだ。連休中は、さすがに問題も起きないだろう。

そのあいだにできるだけ、具体的な対策も考えなきゃな。

「湊たちとは？」

『ああ、ときどき向こうにもお邪魔してるよ』

「教室、ざわつくだろ」

『ふふっ、そうだね。否めないな』

なにせ、三大美女がふたり、休み時間に談笑してるんだからな。もはや事件だ。

『きみは、まだ学校では、湊たちとは距離を置くのかな？』

「夏休み明けくらいまではな。その頃には、もう気にしなくてよくなってるだろ」

『そっか。じゃあ、二学期からはみんなでお昼だね』

「……おっけー。そのつもりにしとく」

俺が答えると、御影はまた嬉しそうに笑った。

「結局、響希のことはそのままでいくのか？」

気になっていたことを、俺は御影に聞いてみた。

響希という名前の恋人が、本当は存在しないこと。

それを、御影はまだ俺たちにしか打ち明けていない。

『うん、しばらくはね。こっちは長ければ、卒業するまで。罪悪感はあるけれど、やっぱりその方が、告白はずっと減るだろうしね』

「まあ……たしかにな」

それに、実は嘘でした、って言った方が、変に騒がれそうだ。

下宿を始めた大学生、っていう設定のおかげで、実物が現れなくても違和感ないしな。

『でも、もしまた告白されてしまって、なにかあっても、今度は伊織くんが助けてくれる。そうなんだよね？』

「……おう、任せろ。やれるだけのことはする」

『うん、よろしくね。頼りにしているよ』

ただ、それでも御影に告白したいやつがいるなら、俺は内心、応援しちゃうだろうけどな。

天使の相談を持ちかけたりはさすがにしないが、こればっかりは許してくれ。

まあともあれ、御影には恋人がいる、っていう設定は、ちゃんと頭に叩き込んどかないとな。

ボロが出るとマズいし。

「……あれ？」

でも、志田のやつは、たしか……。

「……なあ、御影」

『ん、なにかな』

「お前、今日の告白……なんて言って断ったんだ？」

『それは……』

御影はそこで、一度言葉を切った。

なぜだか少しだけ、照れたような、そして、嬉しそうな響きがあるような気がした。

『秘密……かな。もうっ、デリカシーがないよ、伊織くん』

「……はい、すみません」

『ふふっ。じゃあね、また明日』

言って、御影は珍しく一方的に、通話を切った。

俺の、記憶違いじゃなければ。

さっき志田は、たしかにこう言っていた。

――「好きな人がいるから、ごめんね」だってさ！

……恋人がいるから、じゃないのか？

最後に御影が送ってきたメッセージを眺めながら、俺はそんなことを考えていた。

『夏休みは、ふたりでも遊ぼうね』

あとがき

こんにちは、洋画は吹き替えしか見ない、丸深まろやかです。

嘘です。たまに字幕も見ます。

今回はページ数の猶予が少ないので、大切な謝辞をメインに。

また素敵すぎるイラストを描いてくださったＮａｇｕさん、本当にありがとうございます。イラストが送られてくるたび、伊緒の妹の梨玖よろしく「ぎゃぁ――――っ!!　かわいい――――っ!!」と何度も叫んでおりました。大ファンです。これからも活動、応援しています。

担当編集のふたりのナカジマさんたち、今回も大変お世話になりました。まだまだお世話になりたいので、頑張って手がかからない作家になりますね。

そして、二巻までついてきてくださった読者の方々。この本をお届けできたのも、ひとえに皆さんのおかげです。たくさんの口コミや推し活、本当にありがとうございます。今後とも、応援よろしくお願いします。

それでは、短いですが、今回はこのあたりで失礼します。皆さん、愛してます。

二〇二二年五月　丸深まろやか

◉丸深まろやか著作リスト

「天使は炭酸しか飲まない」（電撃文庫）
「天使は炭酸しか飲まない2」（同）

本書に対するご意見、ご感想をお寄せください。

ファンレターあて先
〒 102-8177　東京都千代田区富士見 2-13-3
電撃文庫編集部
「丸深まろやか先生」係
「Nagu先生」係

本書は書き下ろしです。

電撃文庫

天使(てんし)は炭酸(たんさん)しか飲(の)まない2

丸深(まろみ)まろやか

2022年5月10日　初版発行

発行者　青柳昌行
発行　株式会社KADOKAWA
〒102-8177　東京都千代田区富士見2-13-3
0570-002-301（ナビダイヤル）
装丁者　荻窪裕司（META＋MANIERA）
印刷　株式会社暁印刷
製本　株式会社暁印刷

●お問い合わせ
https://www.kadokawa.co.jp/（「お問い合わせ」へお進みください）
※内容によっては、お答えできない場合があります。
※サポートは日本国内のみとさせていただきます。
※Japanese text only

※定価はカバーに表示してあります。

ISBN978-4-04-914344-7　C0193　Printed in Japan

電撃文庫　https://dengekibunko.jp/

電撃文庫創刊に際して

文庫は、我が国にとどまらず、世界の書籍の流れのなかで〝小さな巨人〟としての地位を築いてきた。古今東西の名著を、廉価で手に入りやすい形で提供してきたからこそ、人は文庫を自分の師として、また青春の想い出として、語りついできたのである。

その源を、文化的にはドイツのレクラム文庫に求めるにせよ、規模の上でイギリスのペンギンブックスに求めるにせよ、いま文庫は知識人の層の多様化に従って、ますますその意義を大きくしていると言ってよい。

文庫出版の意味するものは、激動の現代のみならず将来にわたって、大きくなることはあっても、小さくなることはないだろう。

「電撃文庫」は、そのように多様化した対象に応え、歴史に耐えうる作品を収録するのはもちろん、新しい世紀を迎えるにあたって、既成の枠をこえる新鮮で強烈なアイ・オープナーたりたい。

その特異さ故に、この存在は、かつて文庫がはじめて出版世界に登場したときと、同じ戸惑いを読書人に与えるかもしれない。

しかし、〈Changing Times,Changing Publishing〉時代は変わって、出版も変わる。時を重ねるなかで、精神の糧として、心の一隅を占めるものとして、次なる文化の担い手の若者たちに確かな評価を得られると信じて、ここに「電撃文庫」を出版する。

1993年6月10日
角川歴彦